小学生规笔顺规范字典

彩色版

四川出版集团
四川辞书出版社

彩色版

四川出版集团
四川辞书出版社

新华笔顺规范字典

XIAOXUESHENG

XINHUA BISHUN GUIFAN ZIDIAN

没有人能够制造历史，也没有人能够真正看见历史，正如我们看不见草怎样长起来一样。

——鲍里斯·帕斯捷尔纳克

马平 著

我的语文

WO DE YUWEN

四川辞书出版社

自
序

这本小书，由一粒灯火开篇。八年前的一天，那煤油灯的豆火，突然间从我记忆深处闪跳出来。我借着亮光，看见了我的婆婆当年惹我大哭的那个模样。我还看见了，一直挡在她身后的文字也被映亮，朝我漫卷过来。

我的婆婆去世以后，我为她写一篇纪念文章的计划一再搁置，一去二十年。这一回，灯光一路照顾，《婆婆》一气呵成。这篇散文发表以后，有人对我说不止阅读一遍，还有人对我说阅读时落泪了。事实上，我在写作的过程中就一直这样感伤着，并且决意把亲情和乡愁一路写下去。

我在乡下长大，已经在城市定居多年。我的父亲母亲一直住在老家，年岁越来越高。我知道，无论我为他们写下怎样的文字，都不能为他们排解孤独，反倒可能让他们受累而烦扰。我与其远远地躲在一边写文章，不如多回老家陪陪他们。这样纠结下来，结果是，关于亲情的后续文字付诸阙如，我回老家的次数并未增多。

那一粒灯火，却是一个不灭的伏笔，一直有着星星点点的照应。近几年来，我时常在夜里望着灯海，认定某一扇窗里亮着的是那早年的煤油灯。我也时常在白天里故意把街声听错，让它成为壑里的水响，以及回声。我大概是要以这种孩子气的方式，调动我最早的记忆，复习我最初的成长，呵护我尚未成熟的乡愁。

最近一年，我不再踟蹰，一鼓作气，写出了《晒场》《放牛场》和《我的语文》。

我再对《婆婆》略做补订，与三篇新作汇成一册。

我用八年光阴，回听我十几年的童声，一朝变嗓。

我用四篇散文，拼接我小时候的脚印，一路向前。

我用一个篇名来做书名，正是因为听人说，一辈子的道路取决于语文。

我在《我的语文》一文里说，我弄丢了平生认下的第一个字。此时此刻，我认定这个字已经找回，就是"我"。这一组散文都端着大块头的架子，看上去，"我"却是那样渺小而卑微。我终于弄清了，这个"我"，是月光下平躺的一张簸箕，是晒场上遗落的一颗粮食，是牛鼻索牵连的一声呼喊，是小人书溜出的一个小故事……

过去几十年间，不知还有多少词句被我丢三落四，胡乱抛撒。那些关于农具的名词，关于农事的动词，关于乡风民俗的俚语和谚语，连同温煦和欢娱，连同寒苦和悲辛，在我身后随风飘散……

或许，我只有用这"非虚构"的文字，把一盘石磨、一块院坝、一个背篼、一只书包和一支童谣保存下来，把行将远去的陈年旧事挽留下来，把庞杂的思绪部分地安顿下来，才有可能逐渐认清并真正找回那个小小的"我"。

一个人的成长经历，终将参与一代人的历史。

一个人的乡村记忆，或会唤起一些人的乡愁。

乡下有一句老话，一苗草有一颗露水养。我说不准，是我的文字养着我的乡愁，还是我的乡愁养着我的文字。或许，它们互为露水，养着对方。它们互相关照，也一定会为更多的人所关注，这就像我那亲情的文字，当初所受的厚爱一样。

无论如何，我已经把对往昔那没来由的牵挂，对乡土那无边际的眷恋，以及对命运那不成熟的忧伤，尽可能多地说了出来。我想，至少有一个人，一定有一个人，依旧愿意倾听我的述说，和我一起体味这一份追忆、惦念与缅怀。不管我们的乡村经验或同或异，或多或少，或有或无，他都愿意和我一起，呵护这一份庄重、天真与悲悯。

最好不过的是，还有第二个人，第三个人，以及更多的人，愿意打开这本真实的书。

关于真实，需要说明的是，我让书中的个别人物使用了化名。我之所以这样做，是因为老家永远在那儿，我必须为自己管护好每一条还乡的路。

我为此需要做的，还有很多。但是，我需要在这儿说的，好像只有这些了。

目录

婆
婆

1

冬天的一个夜晚，在偏僻的乡下，一家人围着一张方桌，埋头喝着酸菜稀饭。墨水瓶儿做的煤油灯，不知是被倒扣着的盅子还是别的什么支起来，安置在饭桌中央。一个娃儿停了吃饭，望着坐在对面的一个老婆婆，突然大哭起来。

一桌人都抬起头来，七嘴八舌问娃儿怎么了。

娃儿泣不成声。婆婆，要是死了……

老婆婆好一阵才反应过来，然后低下头，那样子好像也要哭起来，但很快就咧嘴笑了。她嗫嚅着说，婆婆不会死，婆婆还死不了……

老婆婆是我的祖母，在我们川北叫婆婆。那个娃儿，就是我。

事隔四十年，今天，我还清楚地记得婆婆当时坐的位置。她背对着房门，身后是挡在门外的无边的黑暗,面前是亮晃晃的一粒灯火。她一定是劳累了一天,终于坐了下来,吃饭,同时也听着一家人吃饭的声音。我看着她,她却没有看我。我不是被烫着了,也不是对饭菜不满意,说哭就哭起来。

我不会记错方桌和煤油灯,但酸菜稀饭不一定靠得住。我只能说,我小时候几乎每顿都吃的是那种饭。那个晚上也有可能吃的是别的,只不过我一想起婆婆就心里发酸,好像一股酸水一直停留在心窝里。

冬天也不一定靠得住。我只能说,我在五六岁时就看见了死亡的影子,它带着一股寒气,随时都会灭掉那一粒灯火,然后在黑暗中带走我的婆婆。我怎么能没有婆婆,我立即用哭声向全家人报警。

事实上,我当时是让婆婆的样子惹哭了。在柔和的灯光里,她好像正吃着人世间最好的饭菜,一张脸是那样慈祥,甚至是那样幸福。我真怕那张脸一转眼就再也看不到了,立即冒失地指了出来。我当时就看出来了,婆婆害怕死,她的表情里出现了少有的不安和慌乱,甚至还有惭愧和委屈。她做了一个自己不会死的决定,却是那样犹豫,那样勉强。

婆婆没有食言,"还死不了"。但是,在我那一次夜哭之后,过了近二十年,1988年秋天,她违背了"不会死"的承诺,离开了这个世界,享年八十三岁。

2

　　婆婆去世那年,我在一所中学任教,离家几十里。一天夜里,我已经睡下了,楼下操场上有人大声叫我接电话,惊醒后方知是梦。这样的喊叫几次三番,我一夜未眠。当时我最怕的事就是到学校办公室接电话,尤其是在夜里。那一夜,我一直想着婆婆,她老人家千万不要病了。

　　事实上,婆婆突然受到脑溢血的猛烈袭击,已经昏迷。天亮以后,恰如夜里所梦见的,操场上有人大声叫我接电话。哥哥打电话到学校办公室,说婆婆已经不行了。

　　我和随我读书的弟弟立即往家里赶,拦客车走一段,拦货车走一段,还向一个骑自行车的人求情让人家搭着走一段,生怕耽误一分一秒。

　　我们终于跪到婆婆面前。婆婆已经哑声一天,但在我叫她一声之后,她口齿不清地叫出了我的名字,眼角滚出一滴泪水。

　　在接下来的几天里,我不时轻声叫着婆婆,但她再也不能答应一声。我知道她不想离开这个世界,她在梦里走几十里夜路到学校去叫我,就是要我赶紧回家把她唤醒。她大概正在做一个长长的梦，她要在梦里把她长长的一生再走一遍，然后，她就会从床上坐起来，拢一拢还没有完全变白的头发，踮着一双小脚下地，走未完的人生。

婆婆一生没得过什么病，在我成长起来的二十几年里，她只有一次得病住了医院，但很快就微笑着回家来。这一回，我多想她突然微笑一下，然后睁开眼睛，然后张嘴说话。然后，让我给她喂一口水，喂一口饭……

但是，她的眼睛一直闭着，嘴里也不再吐一个字。

我多想和她老人家说说话啊！我这才知道，我成人之后和她说的话太少了。我要读书，我要工作，我要恋爱我要结婚，我还要当作家，我和一个不识字的老太婆说什么啊！我已经是一个受人尊敬的人民教师，穿皮鞋戴手表，甚至在刊物上发表了一篇小说，这是多么了不起的成绩啊！我已经为她买了几条黑丝帕，这是多么了不起的孝顺啊！

我一声一声唤醒了我自己。我终于睁开眼睛，看见了自己的愚妄和不肖。

七天以后，中秋节第二天，天刚黑定，婆婆停止了呼吸。

夜已经很深，一轮圆月挂在天上，我独自一人守在婆婆旁边，守在一个睡熟了的老人旁边。我向来是害怕死人的,但我觉得婆婆并没有死,她只不过太累了,需要安静地躺一会儿。我并不是站着守灵,而是坐在那儿,因为只有贴她很近,我才能听见她重新开始呼吸……

我再也见不到我的婆婆了。婆婆留下了一张照片,她在照片上的神情和我小时候在灯下看到的一模一样。婆婆在微弱的灯光里吃饭的情形,恍若昨夜。灯火是微弱的,但是,那是我童年的一个亮处,它照亮了婆婆的脸,而这张脸会照亮我的一生。在我的心里,婆婆永远是一个上了年纪的天使。

3

现在,我每一次回到老家,都要到婆婆的坟前去。我总会对着坟头说说话,有时还会说一些调皮的话,就像小时候那样。我是说,婆婆早已远去,我也早已不再悲伤。

婆婆的坟在两个院子之间,一边老屋一边新屋。坟地里还躺着我的曾祖父、伯父、伯母以及堂嫂。婆婆曾经说过,我的曾祖父在世时骑一匹高大的白马,声如洪钟,断事公道,在乡里有极高的声望。

我的爷爷不在坟地里。

我的爷爷，过去一直是我所填表格的一处空白，也是一个难题。他在上世纪三十年代就失踪了，丢下了我的婆婆，同时丢下了他的三个儿女。我的父亲是最小的一个，当时只有一岁。

我的婆婆，二十八岁开始守寡，守了五十五年。

爷爷给我们留下的，是一段说不清道不明的历史。他大略是干了一件冒失的事，与人结仇。兵荒马乱的岁月将一条生命裹挟而去，无影无踪。

婆婆一直回避关于爷爷的话题，事实上，我们谁也没有向她庄重地问起过那个人。但我绕不过爷爷，他是一个存在，他在那儿，他的尸骨大概散落在了不为人知的荒山野岭。我已无力解开七十年前一个年轻人的死亡之谜。

我的爷爷，我们家族的一个伤痛之谜，早已随风而逝。

母亲倒是向我们说起过婆婆成亲那天的情形，就像亲眼所见一样。婆婆坐在轿子里，轿夫们抬着她一路疯跑。那个缠过脚的小姑娘，当时一定是快乐的，她不会想到她那辣椒一样的一双小脚，将走过怎样艰难的人生。

我现在时常想起婆婆成亲那天的情形，也像亲眼所见一样。正是因为有了那一天，才有了我的伯父、姑母和父亲，才有了我的堂兄、堂姐和我的一个哥哥、两个妹妹、一个弟弟，才有了我的五个侄儿、两个侄女、一个外甥一个外甥女以及四个侄孙……

当然，才有了我。

婆婆在世的时候，我们家已经是四世同堂，她要是多活几年，我们家就是五世同堂了。我见过的最高祖先是婆婆，因此，她在我心中至高无上。

我们一大家子住的房子，是在婆婆手上修建起来的。

婆婆过门以后，最先住的是几间寒碜的屋。她决意往高处走，爬几步坡，在屋后的土包上掘出一片屋基，摆开了修建四合院的架势。结果，失去丈夫的变故阻断了她的宏伟计划，修建起来的房子不及四合院的一半，成了我们川北常见的"尺子拐"。那就是我们家的老屋，院坝很大，但房子一直没有实现合围。后来，院坝边上种了两棵核桃树，渐渐高过了房子。

老屋正面是木板墙，木格窗做工精细。我的家乡从前山林丰茂，古木参天，修建老屋时木材不是问题。但到了修建新屋时，木材早已比粮食和猪肉还稀缺，只好四面都是土墙。我现在回的老家，就是新屋。那"撮箕口"小院子是上世纪七十年代末修建的，也早已旧了。

老屋是两次修建起来的。解放初期，伯父结婚分了家，父亲去外地参加土改工作了，婆婆又做主修建了两间屋。那屋基是她独自一人开掘出来的。她白天在田地里干活，夜里在屋基上干活，一双小脚不知给她出了怎样的难题。月亮照明，星星点灯，挖土的声音时断时续，而小脚的移动无声无息。

老屋扩建之后，因为将就着下面更老的屋，我们家灶屋的门只好躲在一个角落里，抬头屋瓦，低头檐沟。

解放后，更老的屋里住着一家贫农一家地主，老屋里住着我们一家伯父一家。伯父伯母的成分是富农，我们家的成分是小土地出租。上下两幢房子组成一个错落有致的大院子，要是再有一家中农加入，就把当时农村的阶级成分凑齐了。

小土地出租，应该和中农差不多，但有时候会被人误为"小地主"。我的婆婆什么"地主"都不是，她一生自食其力，从没有停止过劳动。

4

婆婆是喜欢新社会的。她对旧社会的抱怨，我听得最多的是缠脚。孙中山先生下令劝禁缠脚，但迟了一步，我的婆婆已经搭上了漫长缠脚时代的末班车。她出生在乡下的小户人家，缠脚却也成了她人生的第一功课。她抱怨自己那时候真傻，裹脚布勒得一双脚钻心地疼，她都没有偷偷松一松。她说她为缠脚流了一脸盆泪水。她当时一定相信，生勒硬削之后的一双小脚是最美的，因此不遗余力。这其实表明了她做人的决心和勇气，她能削掉自己的一双大脚，一个山包也就不在话下。山包削掉之后据说就有了好风水，但是，好端端的脚削掉之后则举步维艰。小时候，我对婆婆那双古怪的小脚非常好奇，因为那五根脚趾只剩下了最大的，其余四根都藏到了大脚趾之下。后来我才知道，这是一种病态的文化现象，婆婆自小就因为一半逼迫一半自愿的自戕而成了一个残疾人。我不知道她一生的梦里有多少是关于快步如飞的，但她在现实生活中就是想跑几步也不可能了。

其实，婆婆在旧社会遭受的痛苦，主要是寡妇身份带给她的，小脚倒在其次。

婆婆留下来的照片，大都是我参加工作以后请人为她拍的，就是说，她没有一张年轻时的照片，连七十岁以前的都没有。婆婆年轻时应该是漂亮的，要不她怎么会从贫寒之家嫁到我们那个所谓的殷实之家。她守寡五十五年，这是多么残酷的一个数字。作为孙子，我不能省略或掩饰她这惨痛的人生。婆婆在世时我没有和她谈过这个话题，那时我幼稚地认为，谈这个是对她的大不敬。但是，我问过姑母，婆婆当年为什么没有再嫁？

你的婆婆，她把她的名声看得比命还贵重。姑母说，她就是靠这个活了一辈子的！

母亲也说，她过门几十年，从来没有听到过有关婆婆的什么闲言碎语。她们两人的婆媳关系是非常好的，所以，母亲说起婆婆成亲的情形如同亲眼所见。母亲说，当年，族里有人想夺走婆婆手上的一点田地，一逼再逼，但婆婆为了三个儿女，死也不肯再嫁。

豪强势力并没有停止打孤儿寡母田地的主意。婆婆认定一条，就是死，也要守住那点家业。

婆婆真的去死了。她实在忍不下去了，实在没有活路了，一个人向堑边走去，去跳崖。那是收水稻的时节，稻草立满了田埂，却没能拦住她。这时候，突然蹿出一条蛇，在她面前站立起来，挡住她的去路。她只好停下来。蛇趴下，正要离开，见她还往前走，赶紧又站立起来。她连死都不怕了，还怕什么蛇，继续往前走。蛇，竟然在她面前站立着一动不动。她就像在做噩梦一样突然醒过来，立即想起了她的三个儿女，出了一身汗。她也突然明白了，蛇是来惊醒她的，是来救她的命的。她立即转过身，朝着家急急地走回去，朝着三个儿女急急地走回去，稻草被她撞倒一地……

婆婆说，要不是那条蛇，她早就活二世人了。她还说，要不是亲眼看见，她怎么也不会相信蛇能够站立起来。

蛇，一定是被一个苦命的女人感化了，在万分危急的时刻从天而降。一条好蛇，救下了一个好女人，这真是一件神奇的事。对我们家来说，蛇有救命之恩。

婆婆的尖尖脚寸步不移，扎地生根。

婆婆不仅守住了祖上留下来的薄田薄地，还一心要买田买地。那架势，用她后来的话说，她要为自己挣一顶地主帽子。她甚至光着一双小脚，亲自耕田犁地。新社会的大脚女人也很少有扶犁掌耙的，婆婆却用她的小脚踩着男权社会的脸面，成就了一道独特的风景。父亲说过，当年的婆婆在水田里像一个男子汉，喝斥耕牛的声音老远都听得见。有一次，婆婆不知为什么伤心成了那样，她在水田里一边鞭打耕牛一边痛哭，把自己糊成了一个泥人。

我宁愿相信，作为一个女人，我的婆婆也有过春水一般的柔情，鲜花一般的芬芳。她不过是以缠脚的那一股子蛮力，把她个人的一切欲望勒紧勒死，然后，以一个烈女的面目立于乡间，一门心思养儿育女、修房立屋、攒田集地。

婆婆不识字，却更加知道学文化的重要。她请人给她的三个儿女算命，最要紧的，她把三个儿女都送去读书。我的伯父和姑母都是乡间少有的文化人，尽管文化并没有给他们带来什么好运。我的父亲喝的墨水更多，他当上了小学教师。

我的姑母做姑娘时，因为漂亮，因为有文化，上门提亲的人据说都快踏破门槛。婆婆横了心，一定要让女儿嫁一个可靠人家，不再像她自己那样受苦遭罪。她骑着家里的那一匹白马，踏遍了方圆左近的场镇，终于为女儿相中一个大户人家，仅是房产就占了半条街。她最心疼的女儿的悲苦命运，却由此开启。

那一匹白马，我好像看见过它的模样，听见过它的嘶鸣。我从小就知道，我们家那个与众不同的水缸是从前的马槽。我们一家人喝着那个矩形石槽里的水，连同白马留下的响亮鼻息。但是，直到今天，我既不会耕田，也不会骑马，远远赶不上我的婆婆。我要是在婆婆辞世之前就闻知她骑马一节，一定会问她一串儿问题。比如，她如何学会了骑马？还有，当时乡下，如何评价一个小脚女人骑马？

那一匹白马，显然是带着她走错了路，让马背上那骄傲的风姿走向了反面。我的姑母，因为婆家在旧社会的豪强而受累，一生所吃的苦头远远超过了她的母亲。

婆婆把这个失败划到了自己名下，埋在了心底，绝口不提。她只是偶尔给我们讲一讲她的弟弟和二妹。

婆婆唯一的弟弟是上过学堂的，参加红军以后便杳无音信。上世纪三十年代让她失去了丈夫和弟弟，所以一提起那段岁月她就埋头不语。

婆婆和她的三个妹妹感情至深。三妹和四妹常来看望大姐，尽管彼此都相隔不过十来公里，但她们每一次不忍分别的情景都让人为之动容。二妹嫁到了外县，英年早逝。婆婆去看望病重的二妹，一双小脚步行一百余公里。白马已经不在，她带上了家里的一条白狗，但白狗在过一条河时没能上船，不知所终。她见到了二妹，知道已经无力回天，就留了下来。她抱着她的二妹，直到二妹咽下最后一口气。接下来，她一直等到为二妹烧了毕七，才起程回家。

毕七，七七四十九天。这个数字，在分秒必争的今天，在薄情寡义的今天，显得过于庞大，过于夸张，简直就是一个天文数字。

那是多么隆重的祭奠，又是多么漫长的告别。

现在，我能够想象得出婆婆在回家途中的情形。没有马，没有车，也没有了狗的陪伴，她是那样的孤单。更主要的，永远没有了二妹，她是那样的悲伤，泪水大概洒了一路。一双小脚一寸一寸丈量着一百余公里，她一定不想在途中住幺店子，只想早一点回到她的小屋。

5

在老屋时，婆婆一直住在她最后修建的那间小屋里，而我从小就跟她一块儿住，所以我一直认为我是她带大的。

低矮的小屋拖在正房后面，顶上有一片亮瓦。那片亮瓦是老屋的眼睛，亮瓦一亮，老屋就醒了。

婆婆总是比老屋醒得早，亮瓦还模糊着，她就摸索着穿上衣服，无声无息下床了。她会让我多睡一会儿。但是，亮瓦渐渐泛白，斑鸠或是别的什么鸟儿在屋后叫起来，她就不由分说叫我起床了。

亮瓦之上是浩瀚无垠的天空，但我只有到了屋外才能看见云彩。鲜红的太阳从地平线升起来，渐渐爬到核桃树的上空。核桃树像撑开的巨伞，却挡不住任何风雨。雨下起来，积水从院坝的出水口泄出去，流向下方的水田，再流向水田下方的壑。背对着壑，沿着土路走两三百米是公路，然后沿着公路走两公里是公社，走七十余公里是县城。

婆婆几乎不到公路上去，她不会去公社赶场，更不会去遥远的县城。还好，我参加工作以后陪着她去了两趟县城，她终归去大地方开了眼界。而我的伯母，一生去过的最远的地方，不过是十公里外的一个小镇。

老屋的石板院坝，对大人们来说是一个晒场，对娃儿们来说是一个游乐场。大人们把油菜收割回来，在院坝里给娃儿们布置了一个迷宫。一天夜里捉迷藏，我在那迷宫里睡着了，突然，我听见了婆婆在焦急地呼唤我的小名。

夜深了，婆婆叫我睡觉了。我爬起来，闭着眼睛也能走进小屋。

小屋里有一张怪异而笨重的长方形木桌，那是从前的香案。香案上有一只小木匣，油漆已经褪色剥落。那是婆婆从前的梳妆匣，里面连一根发夹也不再有，正好用来装我的小人书和领袖像章。

小屋是潮湿的，但春秋两季住在里面还是不错的。夏天来了，蚊子多得能掀翻屋顶，只好点燃柏树枝熏一熏。冬天来了，风挟着枯叶从屋顶唰唰掠过，一些枯叶停留在亮瓦上，小屋便暗得像掉进了地窖，只有等另一阵风来把枯叶吹掉。床上的篾席在冬夜里像一张冰，怎么也不能让身上暖和起来，我就把脱下来的棉袄铺在身下。婆婆不会让我焐她的小脚，我当然也不忍自己冰条一样的脚触到她的身上。夜深了，婆婆以为我睡着了，就会悄悄用她的腿压住我的脚，用体温给我暖一暖。

一个冬夜，我犯了所有的娃儿都可能犯的错误，铺在身下的棉袄被尿湿了。天亮了，白霜满地，寒风刺骨，而我除了惟一的小棉袄，再也没有备份的御寒衣物，婆婆只有让我穿上她那件布纽扣斜开门棉袄。我穿着一件陈旧而古怪的长袍，像一个叫花子，捡柴的时候尽量往没人的地方躲。在我的记忆里，那一直是让我蒙羞的一天，而那好像全是婆婆的过错。直到今天，我才猛然想起来，那一天，婆婆穿的是什么？

婆婆把她的棉袄让给了我，我却没心没肝，一直以为那是我有生以来最丑陋的一个打扮。我在当天并没有关心她穿了什么，后来也一直没有去想过她单衣薄裳怎么熬过那风刀霜剑的一天。直到这会儿，那件丑陋的棉袄才突然变成一件热和的棉袄，一股暖意从我的后背倏然升起，很快就热到了胸口。

那一天，婆婆为我冻病了吗？

婆婆是不会生病的。我小时候浑身生满了疥疮，这是极容易传染的，我每夜贴着她睡，她竟然没有生过一粒疥疮。她是非常爱干净的，但她不会嫌弃自己的孙子。

婆婆也不是铁打的，但遇到头疼脑热，她绝不允许我们为她请医生，绝不允许自己花一分吃药的冤枉钱。她甚至不会在小屋里歇一歇，因为做不完的活路在等着她。

6

从我记事起，婆婆就已经不再下地干活了。她已经是一个老人，我们再难看到她在田间地头的男子汉表现了。

土地早已归为公有，我说不下地干活，是指她不像一般社员那样去挣工分。人民公社是不养闲人的，一个小脚老太婆的日子不会是成天晒晒太阳什么的。婆婆生活在生产队里，她的工作对象除了灶头，还有猪、牛、鸡等等。

人民公社试图把各家各户从一日三餐的困局中解脱出来，曾经大办食堂，结果以失败告终。我出生以前食堂就散伙了，家家户户房顶上的烟囱又开始冒烟了。炊烟是最美的乡村风物之一，是人气、活力和温暖的象征。炊烟升起来，底部是一团火，火把一口锅撑起来，也把我们生存的欲望撑起来。炊烟是用来远观的，近看便少了诗意，风一吹就乱，酸菜稀饭的味儿也随之飘过来。如果随着炊烟飘过来的是腊肉、香肠或油炸食品的味儿，飘过来的是解馋的味儿，那么，炊烟就是好炊烟，就是真正的炊烟。

我们家的炊烟一天三次升起来，但婆婆总不能为我们端出一碗肉，甚至不能为我们端出一笼馒头，除了酸菜稀饭还是酸菜稀饭。我们川北的酸菜是非常简单的，不过是把青菜切细，煮熟，然后捂在缸里发酵，隔一个夜就成了。婆婆一辈子都在做这种酸菜，也一辈子都在煮酸菜稀饭。这好像全是她一个人的过错，无论几个幼小的孙子怎样赌气、抱怨甚至哭闹，她都一声不吭，加之她顾不上洗掉脸上的一点火墨，那样子简直就像一个做了坏事的地主。她肯定在下米时抓了一把悄悄丢回米缸了，要不饭怎么会那么稀呢？她不止一次给我们讲过那个抓一把米丢回去的故事。她说，有一个当家的女人，每次做饭前都要从定量的米里抓一把丢回去，结果，饥荒来了，别人家断炊了，她家还有半缸米。

我没有亲眼看见婆婆往米缸里丢米，她大概还狠心加了半把。她不止往稀饭里加了酸菜，还加了包谷糁和红苕干。包谷糁就是包谷磨的面。红苕干的生产也很简单，不过是把红苕淘干净切成条状或片状，然后在太阳下面晒干，储藏起来不让它发霉就行了。婆婆咀嚼着红苕干，缺牙的嘴慢慢嚅动，就像在给我们做品味美好生活的示范。她大概觉得，孙子们哭闹一下，婆孙之间关于稀饭的和解就达成了。但是，我们不能容忍她的吝啬、顽固和迫害，我们已经把她当成了出气筒。我们并不是不能过好一点儿的生活，比如，还有几块腊肉挂在房梁上，而米缸里还有那么多的米。她还是什么也不说，好像她的沉默是一口满满的米缸，而她所吐的每一个字都会变成一只往外抓米的手。

其实，婆婆一生到老都是一个巧媳妇，她只不过也没有本事做出无米之炊。除了节省，除了细水长流，她没有别的选择。她当然并不是不疼爱我们，她是怕她的手一松，一家人就过不了青黄不接那一道坎。她必须攥紧拳头，时刻防范饥荒来袭。事实上，她的坚决和隐忍，已经成为我们一家人的有效保障。饥荒终于来临，很多人家开始吃糠团了，要饭的女人牵着小女孩上门来，婆婆却还能为可怜的母女端出一碗稀饭。

婆婆反复给我们讲祖上传下来的一个故事。我们家比曾祖父还要高的一个祖先雇人干活，饭锅里不知怎么掉进了一只光溜溜的小耗子，祖先为了不倒掉那一锅饭，睁着眼睛说瞎话，一口咬定那是一个面疙瘩，然后当着众人把小耗子一口吞了，雇工们也就不好拒绝吃那一锅饭了。这个故事虽然大倒胃口，却让我从小就知道了祖先创业的艰难，同时知道了天底下还有比糠团更难以下咽的东西。比起吞耗子的祖先来，婆婆大概觉得她还做得不够，但一直没有什么经典故事照顾她。她只不过总会吃掉我们剩下的任何饭菜。她总是吃得很慢，大概是怕最先吃饱了就没有能力捡我们的碗底了。我们把自己的碗往她面前一推，这时候她沉下脸说话了，好像那剩饭还是一把生米，而她的斥责是一团能把生米煮熟的火。

婆婆对我多少是有一点偏心的，她总会隔三岔五为我在灶孔里烧一个洋芋或红苕。她也会给我们大家做一顿好吃的，这多半是她心疼我的母亲出工太过辛苦，或者是母亲发了话。我们终于吃上了肉煎饼或者抄手，婆婆笑眯眯的，但她还是不多说话，生怕揽了什么功劳，因为在她看来，好吃好喝都是我的父亲教书我的母亲下地挣回来的。母亲最能体察老人的心思，家里做了好吃的，她也会给我的伯父伯母送一点过去，这样一来，婆婆就吃得更少了，而母亲会不由分说把好吃的推到老人面前去。

我不厌其烦地说吃饭的事，因为这实在是我孩提时代最大的问题，而这里面还有做饭的艰难。现在，我在点燃煤气灶的一刹那，总会想起我的婆婆。她要是知道这世上还有不烧柴就能把饭煮熟这样的好事，不知会笑成什么样子。

那时候，我老家那一带好像也是酸菜稀饭喂养的，几乎连柴草都不长了。事实上，砍树大炼钢铁，青山变黄山，树木在我出生前几年就几乎砍光了，柴火问题早已和粮食问题一样突出。包谷秆和麦草是好燃料，但都是季节性的。买煤炭需要钱，况且煤站一直供应的是劣质渣子煤，因此，娃儿成了各家各户燃料的主要供应者。我和小伙伴们在壑里一边放牛一边捡柴，干柴却越来越难寻到了。我捡回去的柴越多，婆婆脸上的笑就越多。有一回，我去亲戚家里背柴，差不多让一座小山压到了自己身上，以致寸步难行，双腿一软掉下悬崖。我是让柴逼下去的，结果，柴反过来救了我的命，要不是装满了柴的背篼在后面死死地拽住我，我就滑下一道小小的瀑布，在深渊里化成一缕水汽了……

我爱青枝绿叶，更爱枯枝败叶。今天，在风光如画的自然景区，要是看不见干柴，我依然会若有所失。

从前也是一天三顿饭，但对我的婆婆来说，那是一天三道坎。要是把煮猪食和热洗脸水加上，还要多几道坎，以致我逐渐意识到热水洗脸是一种犯罪，冬天里常常冷水洗脸。首先，婆婆对划火柴有一种畏惧，生怕手不稳浪费一根，因此她总是叫我帮她点火。接下来，她又舍不得往灶孔里喂柴，烟囱里都冒不起像样的烟。她甚至把混了一点柴渣的地灰抓进灶孔，她大概希望柴渣能带动地灰呼啦啦燃烧起来。她不紧不慢地拉着风箱，要是风箱声突然急了，那一定是柴或者煤喂得太少快要熄火了。风箱拉出的是一串絮絮叨叨的抱怨。她自己也有抱怨，不过是零零碎碎的自言自语，都混进了缓缓急急的风声里。

7

　　婆婆不只是围着灶头转，地里也总能看到她的身影。她老了，不能去挣工分了，去的是老屋旁边的自留地。她在摘菜，她在拔草，她在捉虫，她在匀苗，总之，她一刻也没有直起腰。

　　我现在很难回忆起婆婆在地里直着腰的情形，我是说，地里好像没有让她直着腰做的活路。我的伯父伯母在批斗会上弯腰的情形，好像影响了她对土地的态度，她就像是专门到地里去请罪的，面朝黄土背朝天。两只小脚像两颗钉子把她钉在了地里，半天也不见她动一动。火辣辣的太阳打在她的背上，布纽扣斜开门蓝布衣衫很快就让汗水浸湿了。衣衫慢慢干了，背上便有了一块显眼的汗渍，像自留地的地图……

　　我现在也很难回忆起婆婆坐着休息的情形。她不是在灶前灶后忙碌，就是坐在那儿剥包谷或拈麦粒里的杂碎。她砍猪草的时候总是跪着的，我的伯父伯母在批斗会上下跪的情形，又好像影响了她对现实的态度。她慢吞吞曲着腿，那样子有点犹豫，最终那咚的一声好像在告诉老天，她跪下了……

婆婆有一个富农儿子，还有一个地主女儿，这好像成了她的另外两只小脚，让她走起路来格外小心。但是，她并不战战兢兢。她不是地主婆，加之她在乡间有极好的人缘，没有什么人跟她过不去。她的好人缘是她的善良换来的，而她的善良是以一种忍让和躲避的方式表现出来的。她好像并不生活在当世当时，不参加任何会议，既不会说什么合潮流的话，更不会做什么赶潮流的事，一点也不会伤什么人害什么人。她躲避着喧嚣的时代，也躲避着狂热的人群，小脚在小路上小心行走，生怕踩死了一只蚂蚁。

但是，她还是受气了。一天，她在大太阳下面割猪草，因为天旱得不像样，就自言自语抱怨了一句天老爷，恰好被一个过路的干部听见了。干部厉声问她说了什么，她被吓着了，只得把那句话重复一遍。干部把一个老人训斥一顿，然后说，羊子老了，也要杀肉吃！

这大概是婆婆在新社会所受到的最大冒犯。每说起这件事，她都要对我们解释，当时她不过说了一句平常的话。她说，天老爷呀，你怎么这么早啊！

那个干部当时还算客气，并没有对这句话上纲上线。我回过头去打量那炎热的一天，看见了婆婆映在大地上的可怜的影子。她躲在人迹罕至的地方，但还是一不小心被火辣辣的太阳烤昏了头，多说了一句话，尊严随之融化一地。

婆婆更加小心了，我的伯父伯母从批斗会上回家来，她都不大敢向我的母亲打听那两个人是不是又挨了打，而我的母亲一般总会做一些隐瞒。我们不知道婆婆心里经受着怎样的熬煎，但我们看出来了，每逢批斗会，她的话就特别少，做事也有气无力。她生怕我的伯父伯母又有了什么新罪行。这个老母亲，总会时不时到隔壁去和她的富农儿子说说悄悄话，宽慰还是责骂就不得而知了。

而对远在几十里外的地主成分的女儿，她就更没有本事顾得上了。

我的父亲是公办教师，他是家里的主心骨，也是婆婆的脸面。但是，婆婆知道她的这个儿子性格刚直，也十分害怕他在外面有什么闪失。我的父亲每次回家来，我都看得出婆婆是非常高兴的，但是，她都顾不上说什么话，手上的活路好像更多了。

我现在不愿意去回忆婆婆弯腰或者下跪的情形。

我是个不孝的孙子，那时候并没有跑过去夺过她手里的活路。她有时让我为她捶一捶腰，我也是潦潦草草。事实上，我就是拔光所有的草捉尽所有的虫，我就是替她喂出一头肥猪，她也不会歇一歇。

所以，我现在一想婆婆，就尽量去想她站着或者坐着干活的情形，比如打连枷，比如摇风车，比如一针一线做适合她小脚的尖尖布鞋。我最喜欢回忆她在磨房里箩面的情形。石磨安置在露天里，所以磨面一定要选个好天气。牛蒙上了眼睛，在磨道里不紧不慢地走起来。麦粒灌进了磨眼，碎粉从两扇磨盘之间泻出来。婆婆来回拉动箩子，面粉在簸箕里越积越多，也在她身上越积越多，她渐渐变成了一个白晃晃的面人，就像一心一意要把自己掩藏起来。牛总会慢下来或者停下来，婆婆并不像从前耕田犁地时那样大声喝斥，而只是抱怨一句两句，偷懒不成的牛只得又无可奈何地走起来。黄昏时分，我捡柴割草或是放学回来，奔跑过去抓起树条打牛，这倒会招来婆婆的大声呵斥。我想的是早早卸磨尽快吃上面条，而婆婆好像正在享受磨面带给她的安适时光。夕阳像烧旺的灶火一样映照着，我的婆婆白里透红，浑身闪耀着柔和的光彩。这时候，高挂在柱头上的有线广播喇叭响起来，快节奏的革命歌曲唱起来，但婆婆依然按照牛蹄缓慢敲打地面的节奏箩面，好像一点也不担心夜幕降临。她一定相信，雪白的面粉会为她照亮黑夜……

8

牛在磨道里走着是安全的，但是，牛在野外吃草，要是没人照看，就会是危险的。

我是一个放牛娃儿，上学前牛是我的伙伴，上学后牛依然是我的伙伴。我常常一边上课一边想着牛，没有我，一只蜂子都可能害死它。

一天中午放了学，不知为什么，我预感到牛出事了。我一路飞跑回家，一头闯进牛圈。牛圈是空的。

婆婆正在拉风箱。我急急地问牛在哪儿，她说在壑里。我说我去把牛牵回来，然后像一股风刮出了屋。婆婆的叫声跟了出来，接着她的小脚也跟了出来，但怎么跟得上一股风。

我在壑边看见了我的小黄牛，它在壑里一块又陡又窄的平台上，埋头吃草。光秃秃的壑里，只有那样的地方还剩一点草。

我像一股风刮下了壑。

婆婆已经跟着我来到了壑边，从壑里看上去，她的身影映在天幕上。我在壑里放牛捡柴割草的时候，她常常出现在那儿,拖长了声音喊我回家吃饭。这一次,她喊我回家,一声比一声焦急,大概也已经预感到要出事了。

那块平台太小,牛都不大好掉屁股。我在上方的小路边蹲下来,对牛说话,要它上来跟我回家。但是,牛不肯,它显然是被那块难得一见的小草坪迷住了。

婆婆仍然在大声喊着,叫我不要管牛。

我肯定是中魔了,随手在地上捡起一块小石头。婆婆肯定在上面看见了,我把小石头投了出去,打中了牛的屁股。牛吃了一惊,前蹄踩空栽了下去,壑里爆发出沉闷的响声……

我顺着陡坡跟着牛滑下去的时候,不停地低声喊着。

牛儿,活!牛儿,活……

这是我平生第一次祈祷。

牛的脑袋插进了一堆乱石,屁股朝天,两条后腿不停地向天空划拉着。我一边大哭,一边向上望去,一时看不见婆婆在哪儿。我不可能把牛从乱石堆里拔出来,只有不停地大喊,牛儿,你活啊!

牛终于不再动弹,一条壑好像也死了。

突然,我听见了婆婆颤抖着轻轻唤我的声音。我从陡坡向下滑的时候,她一直在不停地大声叫着我的小名，显然是怕我也栽进乱石堆随牛而去。这会儿，她就在我的身边，好像是一头栽下墼的。我不敢抬头看她，因为我知道她看见了，牛是被我赶下岩的。我知道自己闯下了包天大祸，天好像已经塌了……

我在今天已经记不清当时是怎么跟着婆婆回家的，只记得牛是被一伙人抬回去的。婆婆是惟一的目击证人，一口咬定牛是自己摔死的，但我知道她对我的母亲悄悄讲了那真实的一幕。我不会忘记，就在磨房那儿，牛被剥了皮，分了肉，一个生产队的人好像在过节。我们家也分了一块牛肉，我当然一口也不会吃。

在接下来的一段时间里，我成了一个憨娃儿。我是放牛娃儿中最不幸的一个，我的急性子害死了牛。我恨牛，它背叛了我，我要带它回家，它却往死路上奔。我甚至也恨婆婆，她应该把我破坏耕牛的罪行揭发出来，她应该大义灭亲。我竟然一直没有看出来，她是一个也会说谎的老太婆。她是墼边上的一个暗影，一团给明净天空抹黑的云。她要不是罩在我的头顶，我自己说不定会把真相说出来。

小时候，我常常这样用婆婆来反衬自己，以为自己有多么了不起。事实上，要是没有婆婆，我那天都不一定有勇气独自一人从墼里爬上去。今天想来，婆婆当时不知为我背上了怎样沉重的包袱，不知过着怎样胆战心惊的日子。她心疼牛，但更心疼孙子。她一直没有责怪我半句，母亲也一直没有责怪我半句，反而都对我陪着小心，呵护着我慢慢走出阴影。她们当然知道我不是故意要害死牛，更主要的，她们必须守住这个秘密，因为牛是生产队的，是集体的，如果真相败露，赔款不说，我从小就可能背上惹祸甚至犯罪的恶名。她们知道，"集体"是一座大山，一个娃儿要是从这座大山上栽下去，其结果不会比那条短命的牛好到哪儿去……

9

我平时要是说错了话做错了事，婆婆还是会责怪我的，真急了甚至会骂我打我。但是，她的小脚追不上我。

最多的，还是抱怨。我小时候因为看书，不知受过她多少抱怨。

我上学识字以后，最爱躲进小屋，坐在床头，倚着香案看书。亮瓦透进来的光线是暗淡的，却正合我意，因为书并不是可以在光天化日之下看的。没有哪户人家会养一个闲人，就是一个娃儿，也会有做不完的活路。

我小时候最想要的东西是书，附加看书的时间。

但是，小小的木匣一直没有让书装满，并且我总是没有看书的时间。好不容易借来一本小说，婆婆却不准我在夜里点着灯看，我要是等她睡熟了偷偷把灯点起来，灯光就会立即把她惊醒。事实上，当时乡下很多人家在夜里连一盏灯都点不起了，在冬天里连一堆火都燃不起了。我们家也是这样，一粒灯火或一堆柴火已经成为奢侈品。夜里，婆婆一个人进出小屋是不点灯的，总归她步子慢，摸黑是她的强项，而脱衣上床根本就不用灯。这可就苦了我了。一本书躺在香案上，而我躺在床上，瞪着那片若有若无的亮瓦。到了白天，我当然牵挂着书，婆婆叫我做事我会格外勤快，因为事做完了就可以去看一会儿书了。

婆婆喜欢我写字，却反对我看书。她大概以为写字才是学习，而看书不是。她大概以为看书并没有什么用，甚至会看成一个书呆子，她的长子正好就是一个教训。所以，她一见我躲进小屋看书，就会叫我去做事，扫地，拉风箱，剥包谷，剥胡豆，剥豌豆，淘红苕，挖南瓜瓤，掐蒜苗，采桑叶，给牛添草喂水，或者给四季豆抽筋。我看出来了，很多事都是她临时想起来的，比如她提醒我脚上的胶鞋已经脏得不像样了，得赶紧换下来拿到水田边上去洗一洗。不过，她会先悄悄走过来看看我究竟在干什么，如果我在写字，她就会悄悄走开。她的一双小脚走路很轻，也很慢，我正看着书，还是听见了她那若有若无的脚步声，连忙把书藏在枕头下面，然后抓起笔。作业本是一直摆在面前的，好，看吧，我在写字！

婆婆一次次被我骗过，一次次退了回去。

我把字写到了木板墙上，用粉笔。婆婆大概怕我写下什么反动话，问我写的是什么。我说，打倒婆婆！

她相信了，那表情就像真正被打倒了。

我赶紧用一句流行的口号大声纠正。

她笑不起来。她不识字，是那些字欺负了她，而她的孙子只不过有一点顽皮。

我曾经写了一个"李"字，没想到她竟然认识。

婆婆姓李，她不知什么时候认识了这个了不起的字。就是说，她并非一字不识。别的字她可以不管，但这个字是她自己，她不能不认识。没错，每个人最想认识的其实就是自己。

后来，婆婆大概也看出来了，要想不让我看书，最好不让我吃饭。我上了两年学，突然生病全身瘫痪，连一本书也拿不起来了。我躺在床上，叫婆婆把书放到枕边，我听着书对着耳朵小声说话。婆婆躲到一边，不停地抹眼泪。我通过治疗奇迹一般站起来以后，婆婆就不再反对我看书了。我背着书包一瘸一跛去上学，有一天突然一趟子跑回了家，婆婆又不停地抹眼泪了。

我一天一天长大，看的书越来越多，就越来越以为自己了不起，开始和婆婆唱对台戏了。她叫我往东，我偏要往西。是啊，我凭什么要听你的呢？你会背诵一条最高指示吗？你会演唱一段样板戏吗？你认识门框上红油漆写的那些美术字吗？你听得懂有线广播喇叭里说的是什么吗？你说得清韶山井冈山延安分别在哪个省吗？你甚至连露天电影都不去看，那么，你凭什么不能成为我取笑的对象呢？

我把取笑婆婆的话编成歌词，然后用革命歌曲的谱子唱起来。这一回她听懂了，但一点儿也不怄气，还笑眯眯的，就像真受了什么赞美似的。

是的，婆婆是好欺负的。我总是要她为我抓痒，却总是不愿多说痒在何处，又总是抱怨她没有抓准地方。我一抱怨，她的手就会立即变得殷勤起来，好像在为她的一贯不正确不停自责似的。我放了学，本来可以从磨房那边绕回家的，但我总是不肯，总是要走后门，而后门总是需要闩着的，这就需要婆婆丢下手里的活路来为我开门。每次她都会抱怨我几句，但她一直没有装聋作哑惩罚我一下。她稍稍来得慢了，我就会在门外愤怒地叫喊，好像我已经把全世界的知识都带回家来了似的……

我没带多少知识回家，突然辍学了。我初中毕业，推荐上高中时被刷下来，就回乡务农了。我在大队里搞所谓的"专业"，其实做的还是农活，只不过不种粮食，专务水果蔬菜。我当了一个小会计，心情灰暗到了极点，在家里都不想跟任何人说话。我已经住到了小阁楼上，夜里想看书到什么时候都没人管了。我劳动并不卖力，不知怎么竟然得了一个奖励，把奖品抱回了家。那是一个西瓜，我独自一人躲在房间里吃起来。婆婆突然推门进来，咬着牙把我骂了一顿……

我好像突然从噩梦中醒来。我读的什么书啊，都白读了！

我背着人，痛哭失声……

10

后来，我常常想起为西瓜挨骂的事。今天，我把这件事讲给女儿听。我说，一个人心里不能只有自己。我说，一个人在任何时候都不能自暴自弃。我说，一个人要是不接受教育，不知道会长成什么样子……

而这些，都是婆婆那一顿骂教给我的。

我失学以后，完全感受不到婆婆、父亲和母亲心里所承受的压力，只顾着自己在一边委屈，都有点破罐子破摔了。婆婆和母亲成天看着我的脸色，就像是她们断了我升学的路。事实上，家里的每一个人，都为我不能继续上学背上了沉重的包袱。

那一顿骂，是我人生的一堂课。

我务农才几个月，就传来全国恢复统一招生考试的消息。当时乡下的说法是，穿皮鞋还是穿草鞋，可以由自己决定了。我立即振作起来。我没有高中学历，只能报考中专，结果被县上的师范学校录取。孙子的前途突现光明，婆婆的脸被照亮了。我瘫痪了重新站起来跑起来时，她抹泪过后就是那样笑的。

婆婆的笑容也是一堂课，教给我什么是爱。

没错，从小到大，婆婆一直在教我怎样去爱，同时教了我不少朴素的道理。

婆婆说，做人要一点雨一点湿。

婆婆说，山多不可枉烧柴。

婆婆说，勤人跑三遍，懒人压断腰。

婆婆说，天天待客不穷，夜夜做贼不富。

婆婆说，闹人的药不吃，犯法的事不做。

婆婆说，冻死不烤灯火，饿死不吃猫饭……

其实，婆婆很少说。她既不能给我们做多少好吃的，也不能给我们说多少好听的。但是，她给了我们最美的笑容。她的笑容，经历了几十年晨露的滋润、星光的浸染、风雨的沐浴和太阳的炙烤，也经历了几十年酸甜苦辣的调和以及勤苦劳作的补给，仁慈而平和，干净而灿烂……

我们一家人不能没有她的笑容。她的笑容，除了爱，还有善，还有厚道，还有宽容，还有隐忍，还有坚强……

我想学会她那样的笑容，我希望她能把她笑的模样遗传给我。

婆婆的最后几年好像一直是笑着的，但是，那笑容后面藏着忧伤。她大概已经感到，人生终点一天比一天近了。

我教书最初那几年，星期天回到新屋，整天躲在自己那间房里看书，或者练习写小说。婆婆推门进来，她不再是来关心我在看书还是写字，而是想来跟我说说话。我总想她几句话说完就走，有时候还会有一点不耐烦，还会有一点小小的顶撞。就这样，她每一次都没能坐下来，只是在门边站一站，说几句话，然后无声无息走开……

新屋后来通电了，生活是一天比一天好了。婆婆当然不想离开这个世界，不想离开我们。她还不知道电视电话什么样呢。更主要的，她还有很多丢不下的事，比如我的姑母的养老问题，比如我的二妹妹的终身大事。关于她自己，她也有放不下的心事。她知道我的父亲是一个无神论者，连给亡人烧纸钱都不大赞成，那么，她过世以后，是不是连一声鞭炮都听不到呢？

我总觉得婆婆不会死，至少离死还早。

这些年来，我一直后悔莫及，当时为什么不和婆婆好好摆一摆龙门阵啊！没错，她已经用她的方式说出来了，我爱你们！我却是在她死后才想起对她说：婆婆，我爱你！

婆婆，我们爱你！

大妹妹对我说，现在一想起婆婆，心底就会升起一种温暖的思绪，这也许就是她老人家留给我们的财富。

是的，婆婆走了，但她把温暖留给了我们，恰如她的那件旧棉袄早已不在，但她的体温永远留在了我的身上。今天，我们一家人聚在一起，她总是在随便一个话题里突然冒出来。我们摆着关于她的龙门阵，就像是在把她留给我们的暖意一点一点聚拢来，让它凝成一粒灯火或一堆柴火……

我已经在城市里生活了很多年，成天漂浮在面容的海洋里。一张面容在眼前往往只能保留几秒钟，每个人转眼间都会踪迹泯灭，每个人都在别人的陪衬下经受着自我消失。我们总得在记忆中保留一些重要的面容，保留一些寻找自我和确认自我的证据。婆婆去世二十年了，我一直想用文字挽留住这个可亲可敬的老人的面容，但我一直下不了笔。说到底，她不过是一个普通的祖母，并没有什么值得大书特书的意义。

今天想来，温暖，这就是全部的意义，这已经足够了。

一个好人，恰如一本好书，总能永远让人感受到灼热的温度。

毋庸讳言，婆婆是一本简单的书，我并不能参照她这本书来应对这个复杂的世界。不过，这些年来，我遇到难以决断的事，还是会这样想一想：这件事，我的婆婆会怎么看？我明明知道她不会有什么观点，最多咧嘴一笑，甚至半天也听不明白究竟是怎么回事，我还总是要强迫自己这样想一想。我的意思是说，婆婆正在成为我头顶三尺的神明。其实，我是在以这种方式提醒自己，照老一辈的眼光看来，很多事是不能那样做的。但是，我明明知道婆婆会摇头，甚至会骂几句，有些事我也不得不那样去做……

婆婆，对不起！

11

婆婆走了，她留下来的老屋也不在了。

老屋后来只剩下伯父一大家子，年轻人陆陆续续外出打工去了，挣回来的钱可以修起单门独户的砖房了，于是，老屋被拆得七零八落，惨不忍睹。

老屋在"文化大革命"中"破四旧"时被毁过一次，不过是被人敲掉了磉礅上的石刻，锯掉了廊柱上的木雕。这一次，老屋被婆婆的子孙彻底毁弃。

石磨也随老屋而去，大概在打米机磨面机的轰鸣声中风化掉了。石碾和碓窝，则风化得更早。

那张香案，那只木匣，那个马槽，也不知哪一年就不在了。

还有煤油灯，还有风箱，甚至还有炊烟。

我现在回到老家，几乎看不到炊烟了。鼓风机吹燃的煤炭升不起像样的烟，沼气不冒烟。山上长满了树，干柴遍地。草在疯长，甚至长满了好田好地。

我在老家也很难看到村姑和小媳妇了。她们的大脚，正在走遍天下。

婆婆的坟头当然还在那儿，在低矮山梁的脚边。坟头前的地里有几棵稀稀疏疏的苹果树，既不遮风也不挡雨。旁边的菜地偶尔有淡淡的香气袭来，很快就随一缕小风散去。下边的田要关上水才会是一面镜子，但恐怕再也难以完整地映现一个女人从青春走向衰老的身影了。远处的老树不知哪一天不见了，近处的新树伸出了新枝,鸟儿也会偶尔从那新枝降到苹果树上,对着坟头啼几声……

那是人世间最不起眼的一个角落,我的婆婆长眠于此。婆婆的炊烟早已随风而逝,我们的生活却还要继续。但是,我们谁也不敢怠慢那个角落。父亲一点也不吝啬他的孝心,经常去那儿大把大把烧纸钱。是的,我们都希望婆婆有一个好的来世,我们也都希望她能知道我们今天的日子越过越好。

婆婆应该知道我们的一切,因为她一直在看着我们。她一定看到了我的成长,看到了我的进步,同时也看到了我对乡村的背叛,看到了我对她的背叛……

今天,婆婆在照片里,照片挂在她生前住的那间屋的土墙上。她的面目永远那样生动,永远那样慈祥。四十年前的那一粒灯火好像一直未灭,并且越来越亮,把她的脸也照得越来越亮。她干净的面容是一盏明亮的灯,照得我无处藏身,我只得重新成为一个娃儿,低头站到她的面前……

晒场

1

1976 年 9 月 9 日，天已黑定，挂在柱头上的有线广播喇叭奏响了哀乐。播音员哽咽着报了一个开头，我就从家里跑了出去，一路狂奔到了晒场。

那个夜晚没有月亮，好像有几颗星星。晒场上没有灯，但隐约看得见晃动的人影。正是收谷子的时节，生产队的社员还没有收工，正摸黑忙碌着。我还没来得及站稳，就用尖厉的童音发出了一声呼喊。

"毛主席逝世了！"

晒场也有一颗心，格登一声。

接下来，晒场上鸦雀无声。

我在黑暗中站着，等待着社员们缓过气来。我等待着他们哭出声，或者，用哭腔呼喊一两句口号。

短暂的沉寂之后，有人说了一句话。他询问一只撮箕在谁手上。

稍停，又有人说了几句话，却没有人理会我。

社员们拒绝接受一个惊天噩耗，以一场集体的不应声不表态，将我驱离。

我怀着悲痛，也怀着愤怒和委屈，离开了晒场。空气中飘浮着哀乐的颗粒，我不敢大口呼吸。我一时拿不准，家在哪一边，而晒场又在哪一边。

小时候，常常有人夸我聪明，但我知道自己其实有多傻。比如，我认路的能力近乎弱智，就是在自己的生产队里也会迷路。比如，我都上小学了，还没有弄清两个问题：旧社会出不出太阳？北京城下不下雨？

还好，我已经读初中了，那个夜晚之前我已经弄明白了："万岁"，并不是指活上一万岁。

那个夜晚，我从家里去了一趟晒场，然后原路返回。我并没有迷路，只不过脚步一直不稳。事实上，晒场让我转了一个急弯，我差点在那儿跌倒。

我在一道低矮的山梁停下来。那儿的一道土坎上卧着一副响器，我害怕它突然惊叫起来。我仰起头，对着夜空，长长地呼喊了一声。

我好像看见了，近处的树影，远处的山影，正趁着夜色开始重新布置。

刹那间，我觉得自己长大成人了。

我转过身，重新向晒场走去。

晒场还是那样，说话声零零碎碎，人影子模模糊糊。

我依然站立不稳，就又有了一种错觉，脚下的地皮正在倾斜，正在变成一条坡道。

晒场，这台庞大的集体机器，好像正在暗地里顺坡下滑。

没错，过了几年，这台笨重的集体机器终于触底，说拆卸就拆卸了。

2

《现代汉语词典》（第5版，下同）没有"晒场"这个条目。与之相类的，比如"晒坝"，比如"打谷场"，也没有。

"百度"倒是能够搜到"晒场"，却过于潦草："供晒谷物等用的场地。"

晒场，好像已经被"现代"剔除。或者，它还没来得及"现代"，就被否定了。

这部词典的最新版本是第6版，我本应该丢开手头这第5版去那里面查找。我却知道，新版辞书和新款手机一样，追逐的都是新，而"晒场"太旧，它自己都不好意思去挤占人家的地盘了。

《现代汉语词典》也没有"生产队"这个条目。"百度"还是能够搜到，释义也很详备："生产队，是指中国社会主义农业经济中的一种组织形式。在国营农场中，它是劳动组织的基本单位。在农村，它是劳动群众集体所有制的合作经济，实行独立核算、自负盈亏。生产队的土地等生产资料，归生产队集体所有。生产队在国家计划指导下，有权根据本队的实际情况因地制宜地编制生产计划，制定增产措施，指定经营管理方法；有权分配自己的产品和现金；在完成向国家交售任务的条件下，有权按国家的政策规定，处理和出售多余的农副产品。生产队作为一种组织，具体存在的时间为1958年至1984年。"

《现代汉语词典》却没有把"社员"漏掉，释义为："某些以社命名的组织的成员。""百度"又周到一些，在这句话后特意缀了一句："也特指人民公社社员。"

"生产队"和"社员"这两个名字，早就随着人民公社的解体而消失了。

但是，今天，我还能够在新闻媒体上和"晒场"偶遇。比如，"农村晒场建设不可忽视"。说的是，晒场的缺乏，导致农民将粮食投放到学校操场、健身广场甚至乡村水泥路上晾晒。这既有碍乡村的脸面，也潜伏着安全隐患和社会矛盾。

这个晒场，不过是生产和生活场地，与我说的那个晒场不可同日而语。

那个晒场，可是人民公社时代的关键词。它是生产队的心脏，是生产队政治、经济和文化的中心。

我们公社每个生产队都有一个晒场，因此我相信，全国所有生产队都有一个晒场。我从有线广播喇叭里知道，全国各地都密密匝匝挤满了生产队。既然生产队是一样的，那么，晒场也应该是一样的。

后来我知道了，我们川北叫"晒场"，别处就不一定了。那么，别处的生产队有一颗什么样的心脏，我就说不准了。

我小时候见过的一些晒场，大都是几间平房加上一个院坝。平房一般是土墙的，也有砖墙的。院坝都是石板的，没见过水泥的。水泥在那时候是奢侈品。

没错，晒场，就是生产队的家。

不过，晒场不是普通农家，它有广场的那一副派头，它有集体的那一股子不可冒犯的气势。

首都和省会城市都有大广场，却是做梦也到不了那儿。县城在七十公里以外，却是一辈子也难得去一趟。公社有一个场镇，赶场却是受限制的。有的大队有礼堂，更多的大队却是靠一所小学在支撑门面。

到了生产队这垫底的一级，却是都有一个晒场。

3

晒场，从我记事起就在那儿了。

碎石公路从生产队穿过，我们家和晒场各在一边。我从家里去晒场，跑一趟子，换几口气，就到了。

我经过那一道低矮的山梁，只要偏一下头，就能够看见在一道土坎上卧着的那一副响器。

一截绵软的桐木，被凿开一道狭长的口子，再一点一点挖进去，使之成为空心。一对硬木棒槌，藏在那空肚子里。棒槌掏取出来，敲打空洞的木头，响声就会传遍生产队。

我们叫它梆梆。

梆梆，就是梆子。这种旧时巡更或集散人众所敲的响器，又潜入大集体时代，换了一种调门发声了。

打梆梆，相当于敲钟，或者吹号。梆梆响了，社员就得立即从家里出来，到田地里干活，这就是出工。梆梆又响了，社员从田地里回家，这就是收工。社员的日子，差不多就是出工和收工轮着来，所以，尽管梆梆只重复发出一套声音，也不会让人犯糊涂，把出工和收工混淆了。

我差不多是在梆梆的响声中长大的，在我的记忆里，那响声从来没有变过什么新花样。那是一段一成不变的旋律，起时是慢节奏的，往下走越来越急，直到最后三声猛然断开，戛然而止。

今天，我的记忆无论从哪个方向朝晒场靠拢，都绕不开那个梆梆。它好像是晒场的开场鼓，又好像是晒场的传声筒。它横卧的那道山梁，好像是生产队的副中心。

我们娃儿家不管多么顽皮多么冒失，谁也不敢动那梆梆一指头。那一截挖空的木头里，埋伏着让人发怵的名词、动词、形容词，比如阶级、集体、成分，比如捣乱、破坏、复辟，比如阴险、恶毒、反动。我要是把手从那豁口伸进去，不知会被哪个词咬一口。

我们生产队有资格打梆梆的，仅二三人而已。打梆梆本身就是出工，这一份权力加艺术的工作，分派给了一个地位很高的老人。出工要早，收工要晚，大概是他遵循的最高准则。天还没亮，有时候甚至鸡还没叫，出工的梆梆就叫开了。他大概认为，社员在田地里多做几把活路，晒场上就会多打几把粮食。换句话说，收工的梆梆晚一点响，温饱的日子就会早一点来。

梆梆的响声干巴巴的，狠巴巴的。我不止一次梦见自己敲打那个梆梆。我并没有指挥一个生产队的野心，大概是想修改一下那个声音。我想知道它在我的手下会怎样变调，想知道它可不可以轻松而亲切，柔和而体贴。

我的那个梦还没有变成现实，梆梆就哑声了。

我不知道，梆梆最后一次响起，是在黎明、中午还是黄昏。哪怕是闲天，社员也要挺到太阳落山才会收工，所以收晚工从来都不打梆梆的。在我的想象里，梆梆却是在黄昏时分完成了它的绝唱。和风习习，晚霞灿灿，梆梆的响声第一次也是最后一次松弛下来，悠缓起来，像一段答谢，又像一曲挽歌。

我也不知道，梆梆最后去了哪儿。那个生产队的宝贝，那件大集体的文物，应该保留下来。它最终成了一块烂柴，大概被谁捡回家去做了柴火。

我再也没有在梦里敲打过梆梆了。

我倒是梦见过晒场好几次。晒场，一直在我的梦里。

4

我们生产队有点穷，晒场有点寒酸。

平房是土墙的，也没有用石灰刷白。那是几间保管室，门随时都是上锁的。

石板院坝倒是有一点大，方方正正的。

平房对面，隔着院坝，还有一块场地。三面土墙撑起檩子、椽子和瓦，可以临时为粮食遮风挡雨。

晒场建在地势略高的土包上，不能够将生产队尽收眼底，却能够看见两公里之外的公社，以及十公里之外的山。社员的房子零零散散，并没有都向晒场聚拢。水田和旱地坡坡坎坎，也不是都一声喊得答应。

晒场跟前，一边偎着一个苹果园，一边挂着一个堰塘。

苹果园的下方是那一条碎石公路，半天难得过一辆车。

堰塘很小，好像从来都不缺水。那水是防火的，就是说，堰塘是一个消防池。

没错，晒场怕火。

社员除了自己那点可怜的自留地，一年到头都种着集体的地。集体的地里种出来的粮食，都得在晒场上集中堆放、翻晒和储存，然后上交国家和分给社员。要是一把火把国家的公粮和社员的口粮烧掉了，那会要了生产队的命。

晒场又是怕水的。

雨往往说来就来，要是抢救不及时，粮食泡湿了，然后霉烂了，那同样会要了生产队的命。

水与火，都是晒场的克星。

太阳，才是晒场的福星。

没有太阳，哪有晒？

下雨了，院坝里是不会有粮食的，雨水把石板洗了又洗，然后迎接太阳出来。

太阳出来了，院坝里也不是一定会铺摊上粮食。阳光的影子在光秃秃的石板上移动，一丝一丝划下时间的痕迹。

社员和粮食都是晒场的主角，但是，主角并不会总在舞台上。

对粮食来说，晒场不过是中转站。

对社员来说，田间地头是主战场，晒场不过是会师的地方。

一年到头，大多数时候，晒场都是空荡荡的。

我们生产队因为离公社近成了灯下黑，晒场总得不到露天电影的光顾。银幕在远处挂起来，我们娃儿家着急地跑过去，往往还在半路上，一团灯光就闪起来了。电影瓮声瓮气，那是人家的晒场在说话。

不过，我们生产队的晒场，也一样有好戏上演。

鸟，主要是麻雀，是常见的小角色。

在鸟的经验里，晒场上是不会缺少粮食的，石板上没有，石板缝里总会有。所以，晒场没有人的时候，便是鸟的天下。

我们娃儿家，却要来占领这个舞台了。

我们是拿着弹弓子来的。皮块里已经裹着石子，皮筋已经拉长。一只眼睛闭着，另一只眼睛盯牢了一只鸟。

啪！

石子射中了晒场，具体一点说是射中了某一张石板。几只鸟飞起来，更多的鸟只是抬起了头，它们大概以为听到了粮食的声音。

啪！啪！啪！

鸟都飞走了，晒场成了我们的天下。

我们先打一阵鹞子翻山，然后打仗。

我们把翻跟斗叫做鹞子翻山。我们见过鹞子，知道它是一种凶猛的鸟，却并不知道它翻越山峰是什么样的姿态。鹞子不会与麻雀一类为伍，不会到晒场上来啄食。它要是知道它的名字被我们盗用，它要是对这种手脚轮番着地一路翻腾向前的运动或表演不满意，说不定会从空中俯冲下来啄我们显摆的小屁股。

晒场是 匹平卧的大山，我们正在以鹞子的姿态翻越。

我们听见了呼呼的风声，自己的风声。

我们赶走了鸟，自己成了鸟。

但是，我们不能一直当鸟，哪怕是凶猛的鸟。

晒场上没有电影，那么，我们自己来当一回演员，演一场电影。

我们学来的电影却是有限的。斗地主的戏，演几回就无趣了，因为实在想不出地主搞破坏的新花样，总不能让他放一把火把晒场烧掉。还有，没有谁愿意演一个地主，成分好的娃儿不愿意演，成分不好的娃儿更不愿意演。

我们演的大都是打仗的戏，我们都想当一个英雄。

晒场上不能挖地道，不能演《地道战》，却可以演《地雷战》。捡来一个包谷核，脱下一只烂鞋，都是地雷。我们当然不能把石板撬开来埋地雷，我们的办法是大家都把眼睛闭上。我们并不是都要当瞎子，而是摆在石板上的地雷等于埋上了，我们必须看不见。或者，我们的戏是在夜里进行。谁踩上了地雷，谁的嘴巴就得立即发出爆炸声，然后倒地身亡，眼睛却可以睁开了。谁要是踩上了地雷不声不响，那么，就会被倒在地上的眼睛发现，接下来就只能到晒场边上去当观众。

晒场上，牺牲了多少诚实的少年。

不过，我们牺牲之后还会一跃而起，鹞子翻山穿越雷区。

地雷不可能一直爆炸下去，战斗却还要继续进行，包谷核和烂鞋变成了手榴弹。

晒场并不是个好战场，连一些常规武器都使不上，比如泥巴。院坝里要是有了泥巴，清扫起来会很麻烦，我们娃儿家是会受到大人追究的。所以，打机关枪拼刺刀肉搏是可以的，把泥巴当手榴弹甩是不可以的。

机关枪和刺刀，不过是包谷秆高粱秆茴香秆一类。

打仗之后是一定要打扫战场的，就连弹弓子射出的石子也不能留下。晒场要是让我们搞乱了套，我们也会像鸟一样被大人轰走。

我们从晒场撤退，鸟又回来了。

我们却又杀了回马枪。这一次，我们带来了簸盖或筛子，还有木棍和绳子。我们要用这些来设计一个捕鸟机关，所以也带来了足够的耐心。

我们先把晒场上的鸟统统轰走，因为不能让它们看清了我们的布置，不能让敌人知道了我们的埋伏。这个诡计需要粮食来做诱饵，但我们谁也不敢把粮食从家里偷出来，好在院坝里还散落着零星的粮食，让我们拈起来汇在一处。我们用木棍儿把簸盖或筛子支起来，斜斜地罩在粮食上方。绳子很长，一头系着木棍，一头牵在我们手中。然后，我们在墙角躲起来，紧攥着绳子，同时紧闭着嘴。

鸟回来了，但它们对院坝里冒出来的机关显然是警惕的。它们大概知道，那簸盖或筛子罩着的一团阴影，就是死亡之影。

我们都快沉不住气了，还好，一两只鸟给了我们一点面子，但它们刚试探着进入那一团阴影，不等簸盖或筛子被绳子拉一下扣下来，就扑棱一声飞走了。

这老得掉牙的捕鸟法，看来早就失灵了。

晒场上粮食多了，反而没有鸟的戏了。大人是跟着粮食走的，粮食在大人就在。粮食成堆的地方，大人也成堆。社员以生产粮食和保卫粮食为天职，绝不会容忍一只鸟向粮食降落。鸟的脚爪还没有沾地，吼叫声就会立即炸响，长竹竿就会跟着赶到。那吼叫声，本来就是出工的一部分。就连我们娃儿家，见了鸟也会夸张地吆喝，向大人表功。无论大人还是娃儿，如果连鸟都不知道驱赶，那就是糊不上墙的稀泥。

在小春和大春两季，鸟和粮食的小插曲可以忽略不计，因为，人和粮食的大戏上演了。

5

麦子当主角的一季，是小春。

布谷鸟叫开了，麦子黄了。麦地零零散散，就是有收割机也爬不进去，何况没有，所以，各家各户都不会缺少镰刀。开镰是没有仪式的。麦子收割之后，并不是立即运往晒场，而是捆扎成把子，就近架在地边的树上。树得挑低矮的，比如桐树。这只是一个过渡，因为那么多麦子一拥而上，会把晒场捂得透不过气。树总是慷慨的，把晒场的活路揽到了自己身上。一把一把麦子叉开腿骑在枝杈上，这还得靠天老爷帮忙，有没有太阳不要紧，只要不是久雨不停就行。要是三天两头地下雨，树上就会生出可怕的麦芽来。麦子在树上晒干或风干之后，才会被社员取下，用背架子背进晒场。在这个搬运过程中，每一个人都是格外把细的，因为一不小心麦粒就脱落抛撒了。沉甸甸的麦子到了晒场，连同背架子砸在地上，往往会把人拽一个四脚朝天。人不分男女老少，那一口气终于可以不再憋着，仰天一呼，麦粒四溅。

　　背架子是我们川北最常见的运送东西的器具，和背篼算是一对儿。如果背篼是女人，那么背架子就是男人。背架子像一个小木梯，两根长木条有一点弧度，几根短木条横撑其间。讲究一点的，会用薄而柔的竹篾把中间的空格编上，这算是对脊背的一份体贴。背架子和背篼都有一副背系，但背架子比背篼多了一根绳子。背系相当于背带，用棕、麻、竹篾或布条编织而成。绳子对背篼来说是临时性的，对背架子来说却是必不可少的。如果没有绳子，背架子就是废物。绳子必须结实，麻绳是最好的。绳子盘绕在背架子顶部，用时就解开来。绳子短了是不行的，比如背运麦子，不仅要在上下两端固定，还要上上下下缠绕几遍。

麦子到了晒场，分批次在院坝里翻晒，然后脱粒。

脱粒机也是没有的，所以，各家各户都不会缺少连枷。连枷是手工脱粒农具，由一根杆子、一个轴和一张拍子组成，那样子，就像一只细长的手臂，前端并着长了一张可以旋转的手掌。杆子可以是木头的，常见的是竹子的。竹竿一端被削掉多半，剩下的竹片用火烤软后箍住硬木轴。拍子是木棍攒拢而成的一块板，一个小小木排。木棍比指头粗，并且比指头长。木棍必须是有硬度的，紧紧卡住硬木轴，或者用火烤软，折叠后紧紧扭住硬木轴。不论哪一种，都得用牛皮或者藤条扭结编扎起来。这一张矩形手掌，能够一连打翻几个小春。

割麦子不分男女，但打麦子是女社员的活路，就像耕田耙地是男社员的活路一样。这一般都是出大太阳的日子，麦子已经翻晒过了。我们川北把麦穗叫麦脑壳。麦脑壳对着麦脑壳，一行一行铺满了院坝，整齐得就像阅兵。这样，连枷一巴掌拍下去，就可以把两行并拢的麦脑壳都打上了。

女社员大都在头上扎上一张帕子，带着连枷上场了。她们的装扮一年到头都不会有什么变化，现在有了这个简单的头饰，也立即显得生动起来。她们在田间地头可能有过口角，甚至可能有过抓扯，现在都把积怨暂搁一边，共同站在了一条战线上。她们其实是面对面站成了两排，好像有人喊着口令似的。她们里面或许有一个领头的，那第一个举起连枷的应该就是。一把连枷举起来，一排连枷就齐刷刷举起来，看不出有先后之分。那是一种默契，或是一种服从。

拍子在空中同时完成旋转，发出"吱"的一声。然后，拍子同时朝麦脑壳扑下去，发出"砰"的一声。

吱！砰！

吱！砰！

一排连枷一齐举起来，另一排连枷一齐打下去，轮番作业，交错进行。在同一排里，手臂的起落是一致的，脚步的进退也是一致的。谁要是出风头，打出了自己的花样，那就会打乱统一的节奏，扰乱整齐的队伍。

这个劳动阵营，只需要整齐划一，不允许我行我素。

换句话说，一个晒场，只容得下一把连枷。

这是一台连枷的机器，只有一个轴在转动，却发出了炮弹的响声。

这个阵仗，鸟自然是不敢靠近的。麦粒迸溅起来，好像能够射落一只鸟。

麦芒粉碎了，化成了淡黄色的烟尘。那依旧是麦芒，只不过更加精细了。飘浮的麦芒无孔不入，帕子拦不住，衣裳也拦不住，和汗水粘在一起，像火一样燎着人的肌肤。

尽管麦芒会飞起来扎人，但是，我小小年龄就看出来了，女社员们是喜欢这个活路的。不论尊卑，不论成分，没有大话二话，没有先进后进，连枷面前人人平等。贫下中农家里的大姑娘，地主富农家里的小媳妇，联手演着好戏。

连枷是硬道理，谁都不会输那一口气。

吱！砰！

吱！砰！

那是连枷的呼喊，也是集体的呼喊。

多年以后，母亲在我们自家院坝里用连枷打麦子，却是那样从容，那样轻松。我坐在院坝边的果树下面看书，渐渐地就含混了，我好像读到了自己在晒场上寻找母亲的片断。吱！砰！每一张连枷的拍子都从对面的人前划过，险象环生。我在那弥漫的硝烟中一时认不出母亲，立即呼喊起来。吱！砰！我放下书，抬起头，看见一把平安的连枷在空中散淡地翻飞。那一刻，我好像才走出了一场漫长的虚惊，心底里发出了一声欢快的呼喊。

晒场上的麦子打过之后,麦草会堆起一座座小山,那是一年才现身一回的欢乐城堡,我们娃儿家是不会错过的。麦草是藏猫猫的理想场所,我们撅着屁股钻进去,憋不住了才会拱出来。麦草又是软和的床,我们就是在上面睡着了,大人也顾不上管。麦草将分到各家各户当柴火,那么,在接下来的一段日子里,我们捡柴的任务将会有所减轻。最要紧的,我们从麦草的香气里直接闻到了白面的香气,闻到了面条、馒头甚至包子的香气。那么多的快乐堆在一起,我们没有理由不打一仗。我们的武器是麦裤子,也就是麦壳。大人们用帕子蒙住头,我们倒好,顶着满头麦芒和麦裤子的碎末,回家。

一场火灾之后,我们娃儿家在晒场上的娱乐活动差不多被禁止。

烟就是从麦草里冒出来的。烟味一起,连枷纷纷掉头,但火苗已经蹿起,拍打显然已经来不及。挂在晒场边上的那个堰塘,终于证明了它存在的重要性。挑水的桶,挑粪的桶,杂七杂八的盆盆钵钵,一齐上阵。那段短短的坡路上,只有水浪喘着粗气的声音,几乎听不见人说话,好像人声一尺,火苗一丈。

麦草救下一些,火扑灭了。大人们这才想起来,娃儿们是不是还是齐的。惊乍乍的呼叫,还好,都有了怯生生的答应。

我不是被呼叫者，因为我参与了救火，正骄傲地站在众人面前。今天，我已经记不起来，我当时来回奔跑，手上拿着什么东西，或者，手上有没有拿着什么东西。就是说，我是救火队员，还是一个凑热闹的，就连我自己也已经说不清。我还说不清的是，众人所用的抢水工具，都是从哪儿一下子冒出来的。

我当时非常兴奋，这是确切的。我绝对不是幸灾乐祸，绝对不是希望晒场化为灰烬。我是让那么齐心那么卖命的救火场面感动了。还有，我的成长太需要大事件了。我好不容易看到了浩浩荡荡的景象，我的身体里也有火苗呼呼啦啦蹿起，我感到自己轰轰烈烈向上长了一截。

起火原因未予追究，晒场无恙。

6

谷子当主角的一季，是大春。

我们川北把稻谷叫谷子。相对于小春来说，大春的好戏不在晒场上，而在稻田里。

谷子黄了，开镰依然是没有仪式的。谷子收割之后，得在现场脱粒。脱粒的农具是拌桶，后来有了打谷机。

"拌"，除了"搅和"，在我们的口语里还有"抡"和"摔打"的意思。"桶"，其实是一个四方大木斗，一只矩形小木船。拌桶会竖着围上一张遮拦谷子的篾席，远远看去，好像一只微型帆船。

打谷机算是拌桶向机械化迈出的一小步，却要靠人力摇动手柄，叫做"搅"。这听起来好像和"拌"是一回事，其实大不一样。拌，是双手攥紧谷穗，在桶沿上摔打脱粒。搅，是一个人摇动带齿的滚筒，让另外的人攥紧谷穗在旋转的滚筒上翻转脱粒。"拌"和"搅"，既要力气又要技术，所以都是男社员的活路。女社员大都在割谷子，拌桶或者打谷机的响声在身后不停地催着，她们的动作稍稍慢一点都不行。

谷子和麦子一样，都离不开一个"打"。

谷子打下来了，要立即背运到晒场上去，这个活路就不分男女了。

背谷子自然不能用背架子，要用背篼。背篼有漏眼的也不行，要用篾丝密密匝匝编扎的那种。水田里的谷子是湿的，会有水从背篼里渗出来，背这样的谷子要穿上棕褡子。棕褡子是多层棕毛扎成的垫子，穿在身上护着背部，水就被隔开来。

无论是用背架子背麦子，还是用背篼背谷子，社员都深埋着头，上坡下坎，一步一挪。这情景，正好是粮食压迫人的一个缩影。面朝黄土，粮食朝天，在太阳下面，地上的影子已经没有了人形。

晒场终于到了。谷子倒出来的时候，人和背篼都要更深地低一次头，那好像是在向晒场鞠躬。

晒场上已经有人候着了，院坝也已经清扫过了。谷子倒下一堆，那是一刻也不容耽搁的，会立即被搅搅耙铺摊开来。接下来，换上木叶篼或者扫帚，把谷草的碎屑一遍一遍地清除，包括零星的田螺，半截蜻蜓。再接下来，又换上搅搅耙，让谷子翻身，让阳光暴晒。

搅搅耙是木质的，一根木杆嵌上一块木板，木板再长出几颗木齿。

木叶篼，因搂树木的落叶而得名。它是在一根竹竿上做文章。先用刀把竹竿一头划出几根一指宽的竹条，再用火烤软，弯曲成挠痒状的手指，然后向两边呈扇形叉开，用篾条编扎固定下来。

搅搅耙的主要功能是摊薄，木叶篼的主要功能是清杂。二者其实是不分彼此的，搅搅耙缺席的时候，木叶篼就可以代劳。

翻晒粮食是生产队里最轻松的活路之一，差不多等于坐机关。社员被安排到晒场上来做这个活路，要么是弱劳力，要么需要某种照顾。无论是谁，在这个岗位上也不会出工不出力，要不就只有吃闲饭了。

即便是阴天，粮食也得铺摊在院坝里。

早上起来见了太阳，但是那并不保险，天老爷的脸说变就变，随时都要做好两手准备。雨说来就来说走就走，叫做打白雨。白雨就是命令，社员都会立即从四面八方向晒场飞奔过来。搅搅耙、扫帚和撮箕一齐上，背篼却是来不及了。粮食被转移到了那三面有墙顶上有瓦的场地，淋不到雨就行。雨已经下大了，院坝里还有成堆的粮食，只有赶紧遮盖上塑料薄膜。

有时候，社员们把这一切刚刚抢完，雨却停了，太阳出来了。这是天老爷的游戏，怄气也没有用。拜托你，太阳，你先把院坝晒干再说。

那被雨水打湿了的粮食，还得太阳来重新晒干。

太阳正好，搅搅耙不停出动。粮食能上能下，在太阳下面颗颗平等。

晒谷子和晒麦子还是有些不同。麦子在树上待过，打下来后有一两个太阳就可以了。谷子直接从田里出来，又大都浸过水，一两个太阳是不行的。这个时节最怕的是霉雨，要是没完没了地下，谷子也会生出可怕的芽。如果天老爷帮忙，一连几个大太阳，谷子差不多就可以进仓了。而这，还得干部的牙齿来咬定。干部随手拈起一颗谷子，摁进嘴里。这时候，干部身边一定是有几个人的，那些人已经咬过谷子了，但他们的判断是不算数的，都等着干部发话。那个现场是安静的，不过谁也听不清干部的嘴里发出了怎样一声轻响。

麦子晒过之后，干部也是要这样咬一颗或几颗的。这不是尝新，而是抽验。这可以算做一种仪式。

咬破的麦子是可以咽掉的，谷子却不能。

噗！一颗大米连同谷壳，从嘴里吐出来。

晒！

这就是还差点火候，还需要一个或半个太阳。

扇！

这就是说，可以上风车了。

风车是我最喜欢的一件农具，它的名字登上了《现代汉语词典》。但是，两条释义都与我说的风车不沾边。一种不打紧的玩具都挤上了版面，一种要紧的农具却靠边站了。我不知道，现在是不是任何一个地方清理粮食都不用风车了。

搅风车，和搅打谷机一样，不过是摇动手柄让叶轮旋转起来。

风车的漏斗是一张大嘴，可以一口吞掉一撮箕粮食。叶轮先在风车肚子里刮起了风，木闸才能轻轻抽开，让粮食一绺一绺从一道阀门漏下来。连壳带渣的粮食立即被风吹成三份，从三个口里吐出来。大漏槽朝下，吐出来的是粮食。小漏槽也朝下,吐出来的有土粒石粒,有小田螺和半截蜻蜓,还有不肯下穗不肯褪壳的粮食。最大的那个出风口是朝后的,吐出来的有麦裤子,有瘪谷子,有麦芒和谷芒,有碎麦草和碎谷草,还有地灰。

这风车毕竟不是玩具。摇动手柄,控制木闩,虽然不需要多大的力气,却都是需要分寸的。风大了不行,小了也不行。木闩要是失控,漏斗里的粮食就会一倾而下,再大的风也救不及。这是粮食通往国家粮库的最后一公里,一切都得拿捏到位,不能有任何闪失。

粮食在风车里单走一趟是不够的。那些零零碎碎,那些渣渣草草,终会全部与粮食脱离关系。

那夹杂在土粒石粒里的粮食,或筛,或簸,或直接用手拈,是要一颗一颗清理出来的。颗粒归仓,并不仅仅是挂在嘴边而已。

7

麦子和谷子上了晒场,包谷、黄豆、绿豆、胡豆、豌豆、油菜、花生等等都上了晒场。不上晒场的,只有红苕。

晒场上有了粮食之后,不论白天黑夜,都是一刻也离不开人的。

连枷和风车之后，搅搅耙的晒场是安静的。

鸟归来了，晒场上不时爆发出一声吼叫。其实，那是向田间地头报告晒场的平安，也是让没日没夜的劳累做一个简单的释放。

夜里，粮食收了，鸟歇了，人心却既没有收也没有歇。粮食是生产队的高压线，却还是有人要去碰一碰。晒场上除了那个三面墙的场地，并没有像样的仓库，只得在保管室里用篾席围一个粮囤。那么多的粮食，不可能每天都在秤上过一遍，怎么才能知道有没有跑路呢？为此，男社员被分成两人一组，在夜里轮流守夜，我们川北把这叫做看哨。

看哨，不过是两个社员分别把席子和铺盖从家里带出来，紧挨着粮食睡瞌睡。

看哨，既要防火防盗，又要严防阶级敌人搞破坏。

看哨这个活路是不会分派给女社员的，即便她们都顶"半边天"了，也不会在夜里被支到哨位上去。这对女性的一点体恤，应该算在生产队的温情簿上。再说，看守粮食责任重大，两个女社员也不一定能够降得住一个贼。

看哨也没有夫妻档，父子、兄弟也是不能分在一组的。

看哨人员的排班公告，用木炭写在保管室的门板上。

看哨，可不是让你换一个公家的地方来打鼾的。你就是在白天里累成了一摊泥，在夜里也得变成一堵墙。从理论上讲，轮到你看哨的日子，白天黑夜都是不可能合眼的。

但是，人就算是铁打的，也会有软火的时候。

粮食要是被盗而看哨人员逃避追责隐瞒不报，或者看哨人员铤而走险监守自盗，怎么才能发现呢？为此，又有了一个办法，能够验证粮食原封未动。

这个办法，就是打号。

打号，相当于给粮食盖章。

那个类似于印章的宝贝是一个矩形木匣，名叫号匣。号匣的大小，跟四五本书摞起来差不多。盖板可以抽离，安了一个把手。底板用文字镂空，铺着一层棕毛。草木灰或石灰填入之后，把盖板插紧，提在手上稍稍使劲一戳，草木灰或石灰就会从镂空的文字渗出，在粮食表层留下或黑或白的印号。

我已经记不得，那雷同的印号到底是什么字。我向堂兄求证，他却记得清清楚楚，那是"公"和"民"两个字。原来，生产队有两个号匣，一"公"一"民"。这可能是说，那加盖了印章的，既有国家的公粮，又有社员的口粮。

"公"和"民"，大概是上级的统一规定，那么，别的生产队的号匣，也应该是这两个字。木匠刻字的手艺是不一样的，想必是，"公"和"民"不会是一模一样。这样正好，如果全天下的印章是一个模子铸出来的，那就等于没有印章。

　　这两个字，虽然没有刻在同一个号匣上，但是一直没有被拆散，在晒场的历史上留下了鲜明的烙印。

　　掌管号匣的人，是生产队保管员。保管员算不上干部，但责任大，权力也不小，掌管着好几把保管室的钥匙。保管室主要用来储存种子，还存放一些杂七杂八的公物。虽说是科学种田，却差不多还是广种薄收，所以谷子、麦子、包谷、胡豆、豌豆等等种子，用量都很大。种子直接从当年收下的粮食中选出来，储存在木柜和缸里。种子最怕虫蛀，必须使用杀虫剂，然后用报纸把缸口和柜子的缝隙都严严实实糊起来。如果保管不善，种子让虫蛀掉，那就出大事了。听老年人说，抗日战争以前胡豆和豌豆种子是不生虫的，日本鬼子使用细菌弹以后就变了，不知道这是不是真的。

　　号匣平时就锁在保管室里。打号是需要心计的，印号的布置不能给黑手以可乘之机。粮食落满了草木灰或石灰，看上去却像是一个恶作剧，甚至一个破坏。

　　打号，总是在天黑之前进行。

太阳已经落山，晒了一天的粮食还要在第二天接着晒，收还是不收得看天说话。天色可疑，夜里可能有雨，那就得趁早把粮食收到屋瓦下面。天色无忧，长竹竿都戳不下一点雨，那就把粮食收拢堆在院坝里。无论哪样，粮食上面都要打号。

让粮食在院坝里过夜，这是一个担风险的决定，还得让干部来做主。天老爷要是半夜发疯下起雨来，什么抢救措施也来不及，不管盖不盖上塑料薄膜，印号都会漫漶，容易让人趁浑水摸鱼。就算没有雨，但事情另有赶巧，野猫野狗从夜的深处追逐过来，偏要在粮堆上表演一盘激情戏，就会把印号一并给污秽了。你就是有本事把它们捕来作证，也只会被反咬一口。

天又亮了，看哨人员要等保管员来验号完毕，才能脱手。

种子储存起来后是不用天天打号的，只需验号就行了。

为了粮食安全，所有的生产队都绞尽脑汁，但是，粮食被盗事件还是时有发生。这样的大事一出，看哨人员会被怀疑监守自盗，地富反坏分子会被列为审查对象，他们的家都会立即被搜查。那些有偷盗前科的人员自然也不会一边歇凉，他们的家虽不一定会被搜查，但他们的一举一动都会被无数双眼睛盯上。

说是大事，其实不过是小偷小摸。再胆大妄为的贼，也不敢多偷粮食，因为讨口子捡银子没处收拾。人家的粮柜是空的而你家的粮柜是满的，这等于自己戴上一顶大过一尺的帽子。但是，粮食的分量太重了，就是只偷了一撮箕，也等于偷了一晒场。

破案线索总是有的。几颗洒落的麦子或谷子，突然在路边的草丛里惊叫起来。更多的粮食，却是被挖坑填土，捂上了嘴。高贵的粮食，是绝不容许埋在地窖或牛圈里的，挖地三尺也会被救出来。

贼要是查不出来，看哨人员就得把集体损失的粮食赔出来，或者部分地赔出来。上门去称粮，等于从人家嘴里夺食，这事是没人愿意干的，保管员往往要硬着头皮打头阵。当事人已经麻木，倒是家里的老人、女人和娃儿，会呼天抢地去阻拦，结果却是，私人的胳膊拗不过集体的大腿。

我们生产队的粮食还好，好像一直平安无事。

8

粮食在晒场上驻扎越久，越是让人提心吊胆。既然上交国家的公粮一颗也不能少，那么，早点把它送到公社粮站，免得夜长梦多。

公粮送走之前还要在风车里走一趟，草木灰、石灰和地灰都是不能混入国家粮库的。

各生产队的粮食从四面八方向公社粮站汇拢，一时间，无论小路大路，差不多都成了粮食的路。背运粮食的人还是那样深埋着头，只看得见眼下几尺。迎面走来的人都得给他们让路，即便是熟人也一般不打招呼，因为抬头说话要费力气。

面朝黄土，粮食朝天。

满满当当而去，空空荡荡而归。

然后，终于，社员自己要分粮回家了。

社员们在田间地头作战，在晒场会师，说到底，就为了"吃饭"二字。起早摸黑，累死累活，就为了落下自家保命的口粮。谷子和麦子这样的主粮，是严禁违反"统购统销"政策在市场上买卖的，那么，除了偷，养活一家几口的主粮只有从晒场这一条路上来。

上交国家的粮食姓"公"，分给社员的粮食姓"私"。粮食还是那个粮食，姓"私"以后大概不能再那样大张旗鼓，光天化日。所以，给社员分粮总会拖到晚上进行。

一盏马灯，一只箩筐，一杆秤。

一堆粮食，一堆背篼，一堆人。

会计是这样的夜晚的中心，他总是在最明亮处。

生产队的粮食分配方案，应该是并不复杂的账目。打下多少粮食，上交多少公粮，保留多少种子，提留多少余粮，然后，分给社员多少人口粮多少工分粮，一清二楚，一目了然。谁也没有理由怀疑会计那一支笔，年复一年，它写下了那么多按劳分配的正确，也写下了那么多增产增收的光荣。

夜幕降临，晒场点灯。一团光亮移来移去，照了账本照秤杆。一个数字先从会计嘴里出来，等它变成箩筐里的粮食，过了大秤，那个早与数字配好对儿的户主名字，才会从会计的嘴里跟出来。

数字在前，名字错后，这是摆在明处的规则。女社员往箩筐里装粮食，男社员用木棒抬大秤，秤钩挂着的箩筐离地而起，这一切都在所有人的眼睛面前进行，不会有什么手脚。名字要是先出来，那就知道了这是谁家的粮食，是箩筐多了心，还是秤杆偏了心，那可就说不准了。

箩筐里的粮食要是自家的，秤杆趴了可不行。秤杆向下趴一点，就会少掉一碗饭。

所以，名字喊出之后，总会有人立即发声，刚才的秤有一点趴！

那就再麻烦大秤一次。司秤员的手把挂秤砣的细绳在秤杆上摁来摁去，秤杆又一次端起了正确的姿态。

看吧，不仅没有趴，甚至还有点红。

红，就是秤杆往上翘。这就没话说了。

这样的插曲，不会有人去指责。这倒不是怕得罪人，因为接下来轮到自家了，说不定自己也会申请复秤。

夜晚就这样被摁来摁去，变趴了。

父亲在外地教书，母亲是我们家的户主。这样的夜晚，年幼的哥哥和我都会跟在母亲身边。母亲的名字被叫出来了，我们赶紧一齐把自家的背篼扶稳。或麦子，或谷子，或包谷棒子，从箩篼倒入背篼。那可是紧要时刻，我们一边要防着粮食抛撒到地上，一边要防着粮食残留在箩篼。我们还要赶紧为下一户腾挪地方，背篼在石板上紧急地摩擦出刺耳的声音。我不断扭头看那个明亮处，总觉得那秤临时地出了什么问题。

母亲和哥哥背着粮食离开晒场，我提着马灯为他们照亮。粮食要回家了，母亲的心情反而格外不好。她一定不是嫌背篼太重，而是嫌背篼太轻。她生怕一步踩虚，灯光一乱她就会大发脾气。

马灯微亮，繁星满天，我却好像要迷路了。

生产队的粮食给我喂养，同时给我教育。我渐渐长大了，也能够往家里背粮食了。

除了粮食，麦草麦裤子豆秆油菜秆等等，也都是要分的。这些渣渣草草，运回家去倒不费多少力气。

而分红和分肉，一只手或两根指头就够拈拿了。

生产队从没有给我们家分过一分钱，相反，我们家年年补社。补社，就是补钱给人民公社，具体一点说就是给生产队倒贴钱。母亲一个人挣下的工分，换不来她头上婆婆和膝下儿女一家七口的口粮。我们一家人总不能在生产队眼皮底下饿死，就得拿钱去买回短缺的那一部分工分粮。别人把钱揣回家，我们却要把钱交出去。父亲挣的工资，差不多都拿回来交给了生产队。

生产队是凭劳力吃饭的。家里没有劳力，就要吃受气饭。你就是补社了，人家还是认为，你吃的饭不是你挣下的。哥哥小学毕业没被推荐上初中，我们家的劳力状况出现了变化，每年倒贴生产队的钱却并没有减多少。

补社，这两个字像饿狗一样，一直跟着我们一家人。

一天，生产队又分红了，母亲早早回了家，我却没心没肺地到晒场上去了。全队的人差不多都在，钱铺满了院坝。那好像不是在数钱，而是在晒钱。我看出来了，也听出来了，钱让人变得高贵了，也变得友善了。大家互相关心，一团和气。

分肉在猪场上进行，却是另外一番景象。

生产队有一个猪场，猪场里有一个饲养员，饲养员喂了很多头猪，而那些猪是上交国家的硬任务。猪和粮食一样，所以，猪场也和晒场一样。尽管每家每户不可以牵一头猪回家，逢年过节或者春种秋收时节，生产队还是会杀一两头或跛脚或有其他毛病的猪，分一刀新鲜肉给社员。

猪肉是按人头来分，价钱比市场要低，并且是先记账年终再结算，这算得上生产队给社员办的大好事。分猪肉得拈纸疙瘩，也就是抓阄。比豌豆大不了多少的纸疙瘩，紧裹着一个数字，各家各户出一个代表拈一个，就都有了一个序号。杀猪匠按序号从猪头开始剁肉，加上搭头，或肥或瘦或好或孬都由纸疙瘩说了算，就是干部也得认那个账。轮到你手上的序号了，剁下来的是一刀肥肉，比如坐墩肉，那就算是中了头彩。

每个人肚子里都缺油水，所以猪肉越肥越好。

猪场上要杀猪了，一个生产队提早几天就兴奋起来。到了那一天，全队的人差不多都涌到了猪场上，比过年还要热闹。那个纸疙瘩却是让人畏怯的，霉运可能就裹在里面。哥哥代表我们家拈过一次纸疙瘩，分到了一刀瘦肉，他好几天都抬不起头。一个表姊级别的女社员远不如一个少年沉得住气，轮到为她家下刀了，她见那肉又瘦又连着骨头，就把纸疙瘩丢进嘴里嚼了，当场大哭起来。

9

粮食好像给晒场布下了一个迷宫，让我来到猪场上了。然而，我并没有迷路。我一掉头，就能看见晒场的醒目标记。

那是晒场墙上的标语口号。石灰的字和墨汁的字，换在当时，应该在金黄的麦子和谷子前面先行一步。今天，我让它们挪后一步，并没有某种故意，而是要让它来为晒场压轴。

农业学大寨！

抓革命，促生产！

千万不要忘记阶级斗争！

很难想象，生产队里没有标语，没有口号，会有革命。

也很难想象，生产队里没有会议，会有生产。

收夜工了，却通知要开会了。

社员做了一天活路，谁也不想再把夜晚搭进去。但是，革命形势，战略部署，上级要求，生产安排，注意事项，等等，不是在田间地头三言两语就能说清的。何况，有的会是一级一级开下来的，到了晒场才算落地。

晒场上本来是有一个会议室的，但那是搭在保管室外墙上的一个偏棚，屋瓦都会碰到脑壳。那里面办过一阵扫盲班，我在夜里溜进去听过一次，差点被叶子烟雾呛死，赶紧逃命。

后来，大家还是觉得坐在露天里爽气。

社员们收了夜工，回家抓紧吃过夜饭，带着草垫来到晒场。谷草或麦草编的草垫，让坚硬而冰冷的院坝有了屁股大的一团软和。

天就是黑得像锅底，晒场上也不会点一盏灯。节约灯油的会，却浪费掉了春夜夏夜秋夜冬夜。不管哪个生产队开会，差不多都是干部在讲话。蹲点的公社干部和大队干部也常常出现在会场上，一个会开到半夜是家常便饭。

女社员在月亮下面扎鞋底，麻索子拉得簌簌簌的。针把手指扎出了血，却不敢吱一声。

男社员在吃叶子烟，烟锅嘴儿巴嗒巴嗒的。火星一闪一闪，把满天的星星都惹出来了。

政治学习会上要念报纸，不点灯就不行了。干部都会把报纸推给别人去念，因为这需要文化，何况念错了什么要上纲上线。念报纸可是出风头的事，往往会落到出身好的年轻人头上。

宁要社会主义的草，不要资本主义的苗。这样的话，但愿报纸上并没有说。即便说了，也最好让麻索子扎进针脚里，让烟锅子烧成灰。

忙时多吃，闲时少吃，忙时吃干，闲时吃稀。这入情入理的语录，但愿能够很好地贯彻落实。问题出在那个"干"字上。大忙季节，却还不能吃上干饭。这会儿，"干"和"稀"都没有，喉咙里和肚子里都在拉麻索子。

会，就像一个巨大的黑洞，把所有的活气都吞噬掉了，甚至连黑夜也一起吞噬掉了。

只有到了评工分和斗地主的会上，才会有一些生气。

工分已经在前面换成粮食了，现在才让它出场也没有什么不妥，因为饭还要继续吃下去，工分还要继续挣下去。

吃饭靠劳动解决，劳动凭工分体现，工分由众人评定。

一句话，社员靠工分吃饭。

工分不过是一个数字。一个全劳力劳动一天，记10分，也称为一个工分。女社员劳动一天可挣到8分。看哨，一个晚上也可挣到2分。

生产队一年分季节评四次工分，如果没有特别的原因，每次评工分不过是走一个过场，把每个人每个劳动日的报酬复核一次。不过，个别社员会在0.5分的浮动上历一次险。要是一个男社员被降成了 9.5 分，那一定是他挖地撑锄把，开会吊二话，让干部横下心来给他念一念紧箍咒，敲一敲警钟。工分被降，年轻人摊上了相亲会气短，老年人摊上了吃饭会嘴短，因此，当事人都会鱼死网破力争，家人和亲戚也会理直气壮力挺。这一个减法的游戏，往往以被减数不可撼动而告终。所以，评工分的会火药味十足，其实是流于形式，按劳分配的原则倒是不知被减了多少。

评工分，说到底就是划分经济成分，事实上却是和政治挂钩的。

哥哥 12 岁就参加农业生产劳动了，一个劳动日挣 3 分。他本来是评不上这个工分的，但他有两个方面的才华十分了得，一是能够唱"样板戏"，二是能够背诵"老三篇"，因此他的工分就红了一点。他本应该在课堂上以过人的记忆力背诵课文，或者在学校文艺宣传队以过人的模仿力一展歌喉，却因为推荐读初中被刷下来而失学。结果，他站在了一群表叔表姊表爷表婆面前，成了开会或者歇气的小插曲。晒场，给他提供了一个舞台，结果却让他沦陷在那儿。那以后，他摸爬滚打，闪转腾挪，如同继续着一个演员的演出，直至告别乡土，定居城市。

工分既然和政治挂钩了，那么，地富反坏分子的工分就并不是他们劳动量的真正体现，评多评少，由不得他们自己说话，家人和亲戚也不敢替他们说话。

贫下中农理直气壮,地富反坏分子岂敢鱼死网破。

到了斗争会上，更是如此。

斗争会闹闹嚷嚷，推推搡搡。那个场面，从上到下一级一级复制下来，从前到后一次一次复制过来。每一次斗争会,批斗的都是那些人,折腾的都是那些事。一个格式，一副腔调，一套拳脚，一类口号。 社员参加了无数个斗争会,到头来,记忆里大概只存下了一个。

这是一个加法的公式，一加一再加一，等于一。

混乱的一团人影，却是两个阵营。

地富反坏分子弯腰，埋头，两脚并拢，双手垂落。事实上，他们是斗争会的主角，或者中心，因为他们必须站在前面，或者被围在中间。

贫下中农个个都是积极分子，他们谁也不甘当一个配角。

揭发和交代，是斗争会的关键词。贫下中农负责揭发，地富反坏分子负责交代。所以，斗争会上永远有两种声音，一高一低，一硬一软，一粗一细，一长一短。

我的伯父伯母是富农分子，是生产队批斗的主要对象。他们实在交代不出搞过什么破坏，社员们也实在揭发不出他们都有什么罪行，这并不是说他们就可以蒙混过关，免除批斗了。他们平时总是要说话的，而说话总是要用词的，而我的伯父总爱用一些蹊跷的词，那么，就不愁没有把柄了。

比如，社员正移土填平一口池塘，伯父多嘴说，土巴回老家了。他必须把这句话交代清楚，却又狡辩说，那土巴原本就是挖池塘时移过去的，现在移回原处，当然就是回老家了。老家，什么意思？这难道不是你日夜惦记着你那被没收的土地回到你的手中吗？这难道不是变天账吗？

普通的一件事情，平淡的一句话，常见的一个词，都会成为批斗的理由。斗争会上，伯父就是有一百张嘴也辩不赢了。他就是再有理，也会被突然爆发的口号声打压下去。

我的伯父，为他那在旧社会读过的一些书，为他那试图说得生动一点的一些话，不知费了多少口舌，挨过多少拳脚。

只要斗争了地富反坏分子，做什么事都灵，这已经是不容置疑的逻辑。所以，越是大忙季节，越是"双抢"时节，越要腾出手来，抓紧把生产队里的地主富农分子批斗了。

我是一个年幼的旁观者，一直站在这样的夜晚的边缘。我还在上学，小学或者初中，本可以不到晒场上去的，但我一次又一次去了。我尾随在一个平庸乏味的故事后面，一路追踪，好像就要看到一个出人意料的结局。

斗争会也很少点灯。所以，我一直看到的，不过是一团纷乱，一团模糊。

10

1977年夏天的一个中午，高中升学榜在我们公社的一面墙上贴了出来。我大概在一秒钟内就看完了，那上面没有我的名字。我知道了，"推荐"那把刀已经将我斩决。白纸变成了黑纸，我没有再看第二眼。太阳很大，我却像是摸黑离开了那儿。我又一次迷了路，晒场暂时收留了我。院坝空荡荡的，我和我的影子都抬不起头。大半年前的那个夜晚好像还没有散去，空气中还飘浮着哀乐的颗粒。我终于看清了，近处的树和远处的山，原来并没有什么重新的布置。

我看了看保管室的门板，那上面用木炭写满了黑乎乎的名字。我知道，我的名字已经告别了学校的花名册，将在那儿落脚。

我仰面朝着太阳，没有再发出一声呼喊，而是让泪水扑簌簌滚落下来。

我回到家里，就像社员收工，虽然有点疲惫，却没有什么痛苦，也没有什么忧伤。

我出工了。

我刚满十五岁，就一个鹞子翻山打出了生产队，当上了大队专业场的会计兼记分员。所谓"专业"，其实就是在粮食之外发展多种经营。专业场不过是一个果园，一头扎在一条深壑之中。我每个劳动日挣六分工分，比哥哥当年的三分要强。我知道我的工分之路还长，我需要先追上女社员，然后再成为全劳力。

我吃那"专业"饭的时间却只有七个月。全国恢复统一招生考试之后，我的名字上了师范学校的录取通知书。不上两年，我差几个月满十八岁，就当上了我们公社小学的公办教师。我吃上了商品粮，不久，农村实行联产承包责任制，生产队消失了。

社员都有了新名字，也算是换回了老名字，叫做村民。我当时也有了一个新名字，叫做文学青年。文学青年忙着闭门造车，并没有到拆除晒场的现场去，错过了那历史性的一幕，自然也就无从知道，社员们当时都有着什么样的表情，都说过什么样的话。不过我相信，那会儿，不会有人哭，也不会有人呼喊什么口号。

那个现场，却也一定不会鸦雀无声。

后来我知道了，晒场这台机器拆卸开来，依然是按照晒场规则分配零件的。

一块木料，要么变成了一条板凳，要么做了柴火。

几片瓦，要么上了屋顶，要么一直闲置在墙角，向往着屋顶。

一张石板，要么挤进了新院坝，要么并没有搬运回家，铺在了半路上一个容易崴脚的地方……

我们家当时分到了什么，我在今天已经无心考证。一块木料，几片瓦，一张石板，都算不上什么文物，由它去吧！

总之，晒场散开了，要么七零八落地晒着，要么再也见不了天日。

我也从家乡走开了，越走越远。

最初我回老家去，下车的地方正好面对从前的晒场。那儿已经复垦，变成了一块平展展的耕地。我看上一眼，然后左转，迈过那道低矮的山梁，就看见那一片至亲至爱的屋顶了。

现在，山梁撕开了一道口子，车可以在一段水泥路上直接开到老家院坝里，我总是忘了看一眼晒场原址，不知那儿是不是已经撂荒。

但是，我不管从哪个方向到达晒场，永远都不会迷路。

　　太阳正好，我把它从记忆里打开来，里里外外晒了一场。

　　恍然间，我又看见了晒场上的芽苗。

　　每一年，那院坝的石板缝中都会拱出油菜籽的芽苗，就像一根根嫩生生的针，从不见长成一棵菜秧。

　　我大概还没有从梦里醒来，我自己好像就是一棵菜秧。

　　我却一时拿不准，这是不是一个梦。

放牛场

1

我在创作之初写过一个短篇小说，叫《匣子沟》。匣子沟是一个虚构的名字，原型是我小时候的放牛场。

事实上，那放牛场没有名字。我们也并不把它叫沟，而是叫壑。这儿还有一个误会，我都上初中了，还在作文里把它写成"河"。我对这个字不放心，请教老师。我问，没多大的水，又不开船，为什么叫河？

沟。老师拍板，沟。

那时候，"壑"还隐藏在字典里，很深，就像它本身一样深。

我的家乡苍溪县有两条河流过，一条叫宋江，一条叫嘉陵江。我的老家离宋江四十多公里，离嘉陵江七十多公里。我到外婆家去，要渡过这两条河。我小时候每去一趟外婆家，回来后都要吹嘘，坐船什么什么的，过河什么什么的。小伙伴们听腻了，就和我顶牛了。

我们这不是河吗？

这不是河。

那为什么要叫河呢？

我只好不答理他们。他们没出过远门，真是太没见识。

一个字，竟然耽搁我好多年。《匣子沟》之后，我才终于见到了"壑"，就像见到了活祖宗。

那一条壑，并不是一只封闭的"匣子"。它绵延几十公里，或者更长。它有无数个出口，我的老家紧靠一个壑口。

我的老家所在地，是以一块坝和一座小尖山合起来命名的。据说，不知哪朝哪代，一个皇帝要挑选有一百座小山的风水宝地修建皇城，亲自登高盘点，数来数去周围的小山只有九十九座，生生把脚下的小尖山给忘记了，结果皇城没有修成。小尖山受了冷落，一气之下跑到这坝上来了。

那飞来峰给闭塞的坝带来了一个名字，叫运山坝。

坝的边缘，陷落了一条条壑，好像可以忽略不计。

我们放牛的那条壑没有名字，也没有什么传说。但是，正如我在《匣子沟》中所说，它是我的摇篮。

2

从古至今，乡下的孩子一般都有两个名字，一个叫牧童，一个叫学童。这到了我们那儿，却是早已改了口，一个叫放牛娃儿，一个叫学娃儿。我小时候也少不了这两个名字，当放牛娃儿在前，当学娃儿在后。我成了学娃儿以后，也依然还是一个放牛娃儿。再具体一点说，在壑里我是放牛娃儿，而在坝上，我既是放牛娃儿又是学娃儿。

放牛娃儿这个名字并不准确，主要是不全面。我们不光放牛，还要割草和捡柴。放牛和割草属于一个事物的两个方面，因为草是为牛割的。就是说，放牛娃儿的几个任务可以归并为两项，一是为耕牛，一是为灶头。换句话说，一是为牛吃草，一是为人吃饭。

我们从小就知道，各家各户养的牛，都是生产队的财产。所以，它们也有一个学名，叫做耕牛。毒打耕牛，这要发生在地富反坏分子身上，那可是很大的罪行。

耕牛是集体的，灶头是自家的。我们娃儿家也都是公私兼顾，一把抓。

没有我们放牛娃儿，生产队就会缺一根柱头。

没有我们学娃儿，学校就得关门。

我们这两个身份，真是不得了，实在了不得。那么，哪一个最重要呢？

当然是学娃儿重要。不过，这是今天的意见。我上学读书的时候，这个可不一定。当时也批判"读书无用论"，却好像越批越明白，读书确实没有什么用。明摆着，书只是一阵子的，牛才是一辈子的。小时候放牛，长大以后打牛屁股，我们从小就看穿了自己的一生。

没有哪家能养得起一条以上的牛，每个娃儿放一条牛顶天了。每家的娃儿大都不止一个，比如我们家，就是哥哥和我共同放一条牛。

哥哥上学了，就轮到我单独放牛了。

等到我跟着哥哥一路去上学了，牛只好大半天拴在牛圈里。

我们每天上早学晚，放晚学早。一大早起来，先放牛，然后吃早饭，然后去上学。放晚学回来，太阳还有一竹竿高，再放牛，并且让牛把水喝饱。这一天里的两次放牛，只能就近在田埂或地埂上进行。

一早一晚，这从读书时间里切出来的放牛时间，正是一天里最美的时分。

东边大概也有一条壑，太阳正从那里面升上来，先把天空映亮一片。接下来，它从坝上露出一丝红边，然后一点一点往上冒，直到浮出一个鲜红的圆盘。一会儿，它就开始花起来，闪烁的金线缠来绕去，让我的眼睛也花了，那就再也不能看下去了。

西边有几匹山，但太阳每次只往那固定的一匹山坠落下去。不用说，那山背后就是太阳过夜的地方了。

早上，我都指望那个鲜红的圆盘多停留一会儿。那样，我就可以看一阵它，然后看一阵近处的山，然后再看一阵坝上升起来的炊烟。等我把这些都看够了，扭过头，圆盘还在那儿，一动未动。

傍晚，我都指望那颗昏黄的夕阳早一会儿下山。山影已经模糊，炊烟又升起来，我好像闻到灶屋里的油香了。牛，你要是还没吃饱，回去接着吃你的谷草吧，而我，可能要打牙祭了。

田埂和地埂都是道路，却是每一条都短，并且团团转。我要是往远处看，牛就有了捞嘴的机会。它要是把田里的秧子吃了，把地里的麦苗、包谷苗或别的什么苗吃了，那就惹大祸了。

禾苗让牛吃掉，会留下刺目的茬。这是瞒不住的，干部会立即赶到现场，先估算损失，再严加追查。这一般不会没有结果，那么，哪家的牛犯的事，哪家就得把粮食赔出来。按理，集体的牛吃几棵集体的禾苗算不了什么，这会儿却不认这个了，只认这是某某某家的牛。这个某某某，却又不是放牛娃儿，而是大人。这个倒霉的大人气不打一处来，不去打牛，而是把放牛娃儿打一顿。

我们放牛娃儿，却不能毒打耕牛。要打，也不能在人面前打。

我才两岁的时候，我们家养的牛就已经惹下祸事了。牛吃了生产队的桑苗，据说不过啃掉了一些嫩尖，我们家的一间房子就被折算赔款充了公，做了集体的蚕房。

哥哥放过那一条牛。他和我前前后后放过三条牛，都是黄牛。

第一条牛，几嘴吃掉了一间房子。它是怎么离开的，老死还是病死，现在谁都记不得了。

第二条牛还没有长大，就从岩巴上坠落下去，死了。我放过的就是这条小黄牛，这个包天大祸也是我惹下的。

第三条牛，我对它没有印象了。

确凿无疑的是，每一条牛，都因为喂养无功，加之不是惹祸就是坠亡，都没有为我们家带来一点体面，一点荣耀。

不养牛，却又是不行的。

牛就是闲着也会记工分的，耕田耙地记的工分更高，一年下来，一条牛所挣的工分抵得上半个劳动力。再者，有牛才会有牛粪，而牛粪是直接折算现金分红的。还有，牛有资格参与副产物分配，包括柴火、谷草、麦草、红苕藤和秸秆等等。因此，没有哪个社员家庭会拒绝养牛。反过来，不让你家养牛，那么，你家就是受歧视了。

我们家的牛不大争气，我却并不比别的放牛娃儿差，最多在日出时分让牛稍稍耽搁一下吃草。

太阳又要冒出地平线了，我实在不愿意错过那个时刻。我在离牛鼻子大约一尺处紧紧攥住牛鼻索，死死控制住牛脑壳。这样一来，别说禾苗，连草都吃不上了，牛只得随着我抬起眼睛，看一轮红日如何从东方冉冉升起。太阳花了，牛的眼睛大概也花了，我才让牛鼻索一点一点放松。

一天早上，一个长辈从田埂上路过，看见我那样古怪地逼迫着小黄牛，也跟着朝天上看。那时候的太阳却已经看不得，大概把他的眼睛刺花了，让他一步踩虚，差点跌进稻田。他不停地摇着头，不知道说了什么。

小黄牛好像接受过了什么教育，吃草的样子更老实了。但是，牛鼻索再放松一点，它脑壳一歪，舌头一卷，一棵秧子就到了它的嘴里。

噌！那一声响，好像在所有的稻田里回荡。

我不敢朝四下看，赶紧拽着小黄牛逃离现场。

但是，跑得了和尚跑不了庙。母亲不会为这个打我，但家里赔了粮食，我比挨了打还要难受。

集体派来了牛，是要把公家和私人一条索拴在一起的。牛鼻索是松不得的，一松，生产队和社员家庭的关系就会立即绷紧。

3

牛鼻索被牛鼻子一天天沤着，腐烂之后容易断掉。放牛娃儿都会提早给牛鼻索挽一个新疙瘩，这样下来，牛鼻索就会越来越短。

小黄牛是一条公牛。最初，它是戴笼头的。它挣脱笼头一回，我差不多就要哭上一回。我牵着它到水田边上去喝水，它埋着脑壳一喝就是老半天。它好像是用鼻子在吸水，又好像是咬着牙在滤水。它吸够了滤够了，高兴了，就造反了。它不愿意回它那臭烘烘的圈，撅着脑壳要往相反的方向去，东拉西扯，就把笼头挣脱了，成了"光脑壳牛"。

笼头是用木头夹子和短索给牛脑壳加的箍，再连上一条长索。那长索是用来牵牛的，但要等到它从牛的鼻子里穿过去以后才能叫牛鼻索。长索拽着笼头，笼头箍着牛脑壳，而牛脑壳并不彻底服从它们。

犟牛，你等着吧，就要给你穿鼻子了。看你还能跳八丈高！

这一天，几个人把小黄牛按在地上，死死地摁住它的脑壳，用一把蘸过碘酒的竹锥刺穿它的鼻子，再用蘸过碘酒的竹圈嵌进刚刚戳出的伤口。小黄牛疼得浑身打战。我不忍再看下去，躲到一边，浑身直哆嗦。

小黄牛一定会记恨我的，要不是我老告它的状，它也不会这么惨。但是，它关在圈里养伤的半个月里，我每天给它上草端水，它该吃的吃，该喝的喝，看不出对我有什么怨气。

过上一阵，那伤口好了，那鼻圈取了，一条篾索从那大鼻孔里开的小孔穿过去，挽了一个死疙瘩。牛鼻索牵在手里，小黄牛好像变得更小了，主要是变轻了。

没错，牵牛要牵牛鼻子。

小黄牛就是穿上了牛鼻索，也好像还是比戴着笼头的水牛低一等。

水牛能骑，而黄牛不能。水牛可以在水里滚澡，黄牛也不能。黄牛真是白变了一回牛。

我爬到黄牛背上，它立即站立不稳，还不停地晃动脑壳，我只好赶紧下来。

水牛的背宽大而厚实，并且暖和。这可是我拿东西换来的体验。我小时候多病，经常打针，手上总会有针药瓶儿。我给放水牛的娃儿一个针药瓶儿，就可以爬上他的水牛骑一阵。我骑在水牛背上，把针药瓶儿摁在嘴边吹响响。针药瓶儿成了只有一个孔的笛子，发出的声音除了"呜"还是"呜"。

事实上，骑牛是不被允许的。这要是让干部看见了，就会受到喝斥。生产队里开会，干部要各家各户的大人给放牛娃儿打招呼，牛是拿来农业生产的，不是拿来骑的！

我们的耳朵再小也能听明白，再往牛背上爬，那就是破坏农业生产了。

生产队管骑牛，这一点不奇怪，它有那个权力。但是，骑牛的怪现象还是时有发生。

我学过吹笛子，勉强能够跑风漏气地吹出《东方红》，就丢手了。

我们不是骑在牛背上吹笛子的牧童，我们是末代放牛娃儿。我们的牧歌还在嘴边，就被来自农业生产的喝斥惊散了。

农业生产，这才是黄牛低水牛一等的主要原因。黄牛不如水牛健壮，出工不能出多大的力。

小黄牛穿鼻子以后，它就要接受耕田耙地的调教了。

牛也不是天生就会耕田耙地，它需要人教它怎么顺着犁沟走，怎么掉头，等等。它需要学习辨识人的口头命令。这些，却差不多都是一教就会的。牛调教好了以后，就会接受生产队的安排去出工，为它的主人挣工分。

那天，我到现场去看大人调牛。小黄牛实在太可怜，那个人只好给它挑了一块沙地。沙地紧挨着的地里有禾苗，为了防它捞嘴，就给它戴上了篾条编的嘴笼子。它老是不长记性，老是不知道顺着犁沟走，地里的喝斥声都没有歇过。它甚至连松软的沙土都拉不动，使牛条就落在了它的屁股上。

那个人终于愤怒了，这养的是啥子牛！

我为小黄牛伤心，也为自己委屈。生产队分给我们的牛就是这个样儿，我还想要一条大水牛呢！

生产队往各家各户分牛，据说是谁把牛养得好就把好牛分给谁。这就是说，我们家被认定是养不好牛的。

我开始发狠了，为牛，也为我自己。我一定要让小黄牛长出一身肥膘，让它为家里挣回体面的工分。

牛被牵去耕田耙地，工分是按它所属的等级来记的。

牛分四等，甲乙丙丁。甲等牛挣的工分最高，丁等牛挣的工分最低。

这个等级的评定，由一个类似于给社员评工分的现场会来完成，叫做评膘。评膘，顾名思义，就是评估一条牛的肥肉长了多少，或哪一条牛的肥肉长得最多。但是，生产队养牛不是为吃肉的，而是为农业生产出力的。那么，评膘，就是评估一条牛膘肥体壮的级别，用今天的话说，就是评估一条牛的综合实力。

牛可以敞开肚皮吃饱喝足，它们的日子实在是过得不错的。而我们，人，还一直没有解决好吃饭问题。它们，只不过拉个犁头拉个耙。我们，特别是大人，除了耕田耙地，还有堆成山的活路要做，简直就是一直把山背在身上。那么，它们为什么必须有一身圆滚滚的膘，而我们，为什么就可以一直瘦溜溜的呢？

这是我小小年龄的糊涂想法。我还不会写"甲乙丙丁"，还只能从饮食方面去想问题。

牛有随便拉屎的习惯，因此，评膘的现场会不能在晒场上开。生产队里的牛，都牵到公路上来了。公路上老半天才会出现一辆车，就算赶巧有车经过，它也得停下来等一等，这个生产队正研究农业生产呢。

评膘是大人的事，但放牛娃儿差不多都会到场。这一回，母亲牵着小黄牛，我跟在后面，上了公路。我和小黄牛都有点怯场。我不指望小黄牛被评成甲等，但我觉得,它被评成乙等还是有可能的。如果评成丙等,那就有点亏了。

一大堆牛,把一条公路理直气壮地截断了。干部们站在公路一侧的土台上,他们看得清每一条牛。哪一条牛是哪个等级,大概早已装在了他们的肚子里。但是,他们并不独断专行,把决定权交给了各家各户的主人。

某某某家的牛,甲等,有没有意见?

没有人开腔,那就是没有意见。倒是有一条牛叫了一声,也不知道是同意还是反对。

某某某家的牛,乙等,有没有意见?

这一条牛的主人有意见,他觉得他的牛比前面某某某的甲等牛并不差。前面某某某又反过来有意见,他是担心把他的牛拉回到乙等去。其他的人还是不开腔,干部们在高处交换意见,然后把确定了的等级撂下来。

评朦没有什么章法,并不是评完甲等评乙等,依次类推。它走的是一个任性的程序,牛都是胡乱出场的。一个干部一手拿本子,一手拿笔,把给每条牛评定的等级记录下来,这看上去倒有一点正式。

渐渐地,我也看出来了,这评朦,差不多是在给牛划成分。

按理，最初分牛下户的时候，就应该给每一条牛评膘，把那个起步的等级记录在案。比如，一条牛从最初的丙等养成了乙等甚至甲等，那是应该奖励工分的。现在，眼睛只认牛的膘不认人的苦，事实上，眼睛只认人的成分而不认牛的成长，那还不如不把牛牵了来，免得收拾那集中摆起的牛屎。

　　我们家的成分是小土地出租，意思是在旧社会拥有少量土地，不能自行耕种而将土地出租。这个拗口的成分比贫下中农差一点，但和地主富农绝对不是一类，应该算中等或中等偏下。如果要以"甲乙丙丁"来排，"乙"是排不上的，只好排一个"丙"。

　　一辆汽车远远地就停了下来。它不敢按喇叭，害怕惊动了牛。但是，我的小黄牛已经不安起来，它好像已经看出了自己的差距。它不争气地拉了一泡稀屎，然后不停地扭动脑壳，那样子是想回家。

　　母亲顿了顿牛鼻索，压低声音说，你给我们争一回气！

　　小黄牛是最后一条被评的牛，并且得了一个"丁"。

　　人家那车都等半天了！一个干部说，散会！

　　牛，一条一条离开公路。牛屎，一泡一泡现露出来。

　　我从母亲手里接过牛鼻索，走在前面。我听见了汽车轮胎从牛屎上碾过去的声音。

人家是水牛甲，我是黄牛丁。

母亲终于说话了。她对我说，你把头给我抬起来！

我抬起头，望着蓝天白云。我的犟脾气也上来了。我在手上绕着牛鼻索，让丁等小黄牛也把脑壳抬起来，就像在田埂上强迫它看日出一样。

4

公路上是不能放牛的，就像晒场上不能放牛一样。

坝上长草的荒地，哪怕站不下一条牛，也都被开垦成了耕地。若是硬要到田埂和地埂上去放牛，那等于是去走钢丝，或者是去碰高压线。

我们放牛娃儿，只有壑里这一条路可走了。

上学以前的日子，上学以后整天不到学校的日子，比如周末，比如假期，我们一般都在壑里。可以说，我们除了上学，就是下壑。

天还没有开亮口，大人叫，娃儿喊，起来放牛了！

牛圈里黑黢黢的，我却知道怎样下脚才不会踩上牛粪。牛在夜里是卧着的，但这会儿它已经站起来，尾巴甩出了响声。我也知道牛鼻索在哪儿拴着，摸黑解开，然后牵着牛走出去。

放牛娃儿的小影子，牛的大影子，从几个院子冒出来。我们背着背篼，牵着牛，在逼仄的小路上凑在一起，大大小小的影子只能单线排开。小路的影子若有若无，不过，我们就是闭着眼睛也不会走错。

石头的影子，树的影子，都还是鬼的影子。我们给自己壮胆，齐声齐气地喊起来。

走一举杆旗，
走二披牛皮。
走三有官做，
走四有马骑。
走五吃豆腐，
走六啃屁股！

我至今无从知道，这首童谣是我们自己的原创，还是有出处的"放牛令"。这些话都是冲着人喊的，牛不在这个体制之内。第六句戛然而止，好像一个放牛团队不会超过六个编制一样。我们一起放牛的男娃儿女娃儿加起来，常常不止这个数，所以，有心计的情愿落在后面，等前面六位凑够了再跟上去，这样就避免了"啃屁股"。我们打着光脚板往前面冲，都想抢占第三位。就是说，谁都想做生产队长、大队党支部书记和公社党委书记那样的官。第五位有豆腐吃，当然不错。第一位和第四位无所谓，无论举旗还是骑马，好像都占不到什么便宜。最不愿意排在第二位和第六位。谁愿意披上牛皮不认脏呢？屁股，牛屁股吗？哈，谁愿意啃呢？

这六个选项的设置，信口开河，毫无逻辑，却一次一次引发口水战，往往让大伙儿一上路就有了矛盾。

但是，出身不好的娃儿被挤到了第二位或第六位，都只好忍气吞声。

我的一个远房堂叔就是这样。他什么时候都笑眯眯的，好像把"牛皮"和"屁股"一齐塞给他都无所谓。他辈份高，年龄也比我的哥哥还大，但因为他是地主的儿子，所以，我从小就直呼其名。他排行老二，我叫他二爸儿，那已经是给地主富农分子摘帽以后的事了。

有一回，我排在了第六位，和一个喊得起劲的娃儿对骂起来。二爸儿从后面挤到我的前面，让我排在了第七位，直到那喊声累了，歇了。

牛蹄声杂乱而单调，齐蓬蓬的童谣好像能让它们步调一致。歇一会儿，喊声再起。

鸦鹊窝，板板梭，

杨二嫂，蒸馍馍，

馍馍香，买生姜，

生姜辣，买黄蜡，

黄蜡苦，买鸡母，

鸡母恶，买牛角，

牛角尖，吹上天，

天又高，好买刀，

刀又快，好切菜，

菜又青，好买针，

针又秃，好买鹿，

鹿又走，好买狗，

狗又花，不看家，

一刀剁个秃尾巴！

喊声在壑里激起了回声，我们把那叫做山音子。山音子从上到下，由浅入深。壑里好像到处站着放牛娃儿，都在喊着。那些复制的声音，在露水里来回滚动，湿漉漉地四处碰撞。

红鸡公，尾巴长，

娃儿抱给李大娘。

李大娘的脚儿瘸，

抱给螃蟹。

螃蟹骚臭，

抱给幺舅。

幺舅笑死你，

扯根毛儿吊死你！

童谣，已经成了我们的晨诵。天冷了，我们喊上
一阵，身上就会渐渐暖和一些。

大月亮，二月亮，

哥哥起来学木匠，

嫂嫂起来蒸糯米，

娃儿闻见糯米香，

打起锣鼓接姑娘……

天已经放亮，牛已经从影子中一点一点还原出来，
可以分出公母了。春天已经到来，垄却还迷迷糊糊的，
我们好像要把它一声一声喊醒。

5

太阳出来了，一绺阳光挂在高高的垄边。

垄，已经睁开了眼睛。

我们到了壑里，就是睁着牛一样大的眼睛，也只能看见碟子一样大的天了。

太阳怎样一点一点冒出来，在壑里是看不见的。那个花了的太阳，也要老半天才会到壑的上空来。壑边那一绺阳光，从岩巴上一丝一丝洇下来，划出一条阴阳分割线。那一条线移到壑底，阳光再从另一面岩巴一丝一丝洇上去。

壑里丛满了石头，大都是黑的。阳光照在上面，它们依然是黑的。但是，它们不是太阳晒黑的。

绿茵茵的草坪，铺在黑黢黢的石头之间。

一条石板路从壑底穿过，还有断断续续的小路从好几个壑口延伸过来，衔接之后再分岔，能够到达每一块草坪，也能够到达每一个石头。

那些岔路，大都是牛蹄子踩踏出来的。

那些草坪，说不定也是在某个地方受了冷落，东一块西一块飞过来的。大的，抵得上一张院坝。小的，卧得下几条牛。

那些石头，要么从哪儿飞过来，要么从头顶的岩巴上滚下来。大的，比房子还大。小的，比背篼还小。镰刀，或是尖锐的石子，稍稍用力在黑色皮面上一划拉，黄砂瓤子就露了出来。

大石头下面淌着小溪，躲躲闪闪。

小溪串着的小水塘，叫牛卧池。最大的，容得下两条水牛一起滚澡，却容不下一棵树的影子。

树，已经不多了。它们大都长在岩巴上，有的倒挂下来。

草，却是哪儿都长，连石头也不放过。

灌木，还有荆棘，也一样。它们任性地摆布着，让小路碍手碍脚，让石头披头散发。

灌木和荆棘丛中可能有鸟窝，也可能有蜂窝。

马蜂窝吊在树上，或岩巴上。灌木和荆棘丛中藏着的，是吊脚蜂窝。

哪儿有草，哪儿有荆棘，哪儿就有野花。

太阳照过来了，野花亮晃晃的。

我们是最喜欢太阳的，哪怕是在夏天。坝上晒得流油，我们却可以在壑里躲阴凉。这就像藏猫猫，太阳在明处，我们在暗处。

冬天，太阳走到哪里，我们就跟到哪里。

春秋两季，我们都穿得单薄，还和夏天一样打着光脚板，所以，也是要跟着太阳走的。

太阳什么时候才能照到哪一块草坪，我们的心里是有数的。但是，我们不会等到太阳照过来，才把牛牵过去。

何况，太阳并不是每天都会出来。

6

小黄牛的脑壳早就朝草坪歪过去了。我丢开牛鼻索，它就放开四蹄跑过去，有时候还会撒个欢儿，把两只后蹄抛向空中。我还得跟上去，把牛鼻索盘绕在它的脖子上。牛鼻索要是在哪儿缠住了卡住了，那就等于它还拴在牛圈里。

壑里，就是我们的天下了。

放牛娃儿没有不贪耍的。背篼总会让草或柴填满，那么，耍吧，先耍够了再说。

我们横着耍竖着耍，差不多都离不开石头。

大大小小的石头好像布下了连环阵，却并不适合藏猫猫。如果老半天捉不到你，你就在石头后面藏着好了。你沉不住气了，一声一声学鸟叫，依然没人来捉，你只好自己夹起翅膀走出来。一天下午，一个娃儿藏起来，另一个娃儿久寻不着，就把他撇下了。天已擦黑，我们要回家了，才发现少了他。我们的嗓子都快喊破了，大石头后面的小石头终于答应了一声。大伙儿还以为他遇到了毒蛇，或是让黄鼠狼叼了呢，原来他在那儿睡着了。

一些大石头有平缓的斜面，可以当梭梭板，童谣里叫"板板梭"。第一次，我不顾哥哥的警告，逞着一时的英勇，竟然直接在那粗糙的石头上坐着往下梭，三五趟就把裤子磨出了窟窿。那会儿刚过了年，我穿的可是一条崭新的裤子。这都不挨打，天理难容。我有了教训，却依然迷恋那新奇那刺激，因为无论坝上还是壑里，都没有比这"板板梭"更好耍的。我学着人家的样子，在屁股下面垫上一块小石板再往下梭。小石板并不死贴屁股，它在中途自顾自开溜，而这时候刹车已经来不及，裤子和屁股就又要一齐遭殃了。

一个大石头的顶部平展展的，就像一个小戏台。男娃儿都爬上去了，胆子大的女娃儿也爬上去了。我们学着那些文艺宣传队的样子，把手伸出去然后缩回来，把腿弓起了然后站端了，就算演戏。我们主要是唱歌。我们唱的歌，要么从学校的音乐课上学来，要么跟着有线广播学来。

天上布满星，
月牙亮晶晶。
生产队里开大会，
诉苦把冤伸……

万恶的旧社会好像还躲在壑里，强盗一样的地主就在身边。

　　　　　我们是工农子弟兵来到深山，
　　　　　要消灭反动派改地换天，
　　　　　几十年闹革命南北转战……

　　巧的是，那小戏台背后又高又陡的岩巴上有一块白色石壁，不知从哪一辈人起就叫它"白石岩"了。它就像硬邦邦的银幕，没日没夜地放映着空白的电影。我们都冒着生命危险，前前后后攀爬上去，让自己的身影映上那银幕，上演了一出出英雄的戏。

　　我们各自挑选一个大石头，用镰刀或柴刀刻上自己的名字，还没有上学的娃儿只好请人代刻。这些被命名的石头，立即就像牛和背篼一样有了自己的主人。它要是受到了侵犯，比如对它撒尿，比如在它上面乱写乱画，比如朝它扔小石头，它的主人就会以同样的方式予以还击，战斗由此打响。石头却是不能做武器的，手榴弹和炸药包都不过是泥巴，子弹都是从我们嘴里射出去的。

　　停战以后，我们又躲在大石头后面打扑克。

　　两个放牛娃儿各有一副扑克，都已经烂成油渣子了，在我们眼里却依然是了不得的宝贝。他们邀我们打扑克，那简直是莫大的恩赐。但是，他们定了一个规矩，就是每一盘都要把大王和小王挑出来，控制在他们自己手上。他们的理由是，扑克是他的，他有那个权利。我们只好配合着他们的独裁，由随着那至高无上的王牌宰割。我们总不能一直参加这预定了输赢的比赛，请求和抗议都没有用，只好罢赛。其中一个放下一点身段，表示愿意把小王拿出来共享，我们还是不应承。他爬上那刻了他名字的大石头，独自一人打扑克，还"钓主"。还好，有山音子跟着他"钓主"。

我们也爬上石头，这边一个那边一个，你一声我一声高喊着，把他的"大王"和"小王"压下去。

那娃儿，你做啥？

捉螃蟹。

螃蟹呢？

喂了猫了。

猫呢？

钻了洞了。

洞呢？

草堵了。

草呢？

牛吃了。

牛呢？

上了山了。

山呢？

雪埋了。

雪呢？

化成水了。

水呢？

踩了泥了。

泥呢？

打了灶了。

灶呢？

猪拱了。

猪呢？

杀了肉了。

猪皮子呢？

绷了鼓了。

鼓呢？

打烂了……

他被此起彼伏的喊声包围，要突围了。

草呢？他抢着喊，你吃了！

灶呢？他抢着喊，你拱了！

猪呢？他抢着喊，变成你了！

我们假装没有听见。他终于坐不住了，高声宣布他愿意把大王也放出来，并且邀请我们登上了他的大石头。

我们在打扑克之前，在那大石头上比赛谁的尿屙得最高。

二爸儿没有耍过"板板梭"，没有登台演过戏，没有参加过任何一场战斗，也没有下过棋打过扑克。他也不敢把自己的名字刻在石头上。他好像随时都在藏猫猫，附带着把他满肚子的故事也藏了起来。我们缠着他讲故事，他却是已经受到了警告，就是用锥子也撬不开他的嘴了。当初他都是躲在石头后面给我们讲的，结果还是让上面知道了。他讲过的那些古代的故事，据说都是"封资修"的东西。他讲过《水浒传》，后来，全国果然掀起了对这本书的批判运动。

哥哥从学校里捡来粉笔头，在一个岩窠的石壁上工工整整地写下了三段"最高指示"，都加了花边。他还在那儿画了一个圆圈，从四周拉出一条条直线，给背阴的岩窠引进了阳光。这样一来，谁也不敢再在那石壁上乱写乱画了。

那个岩窠，也是我们躲雨的地方。

雨还没有下起来，我们就把牛安顿好了。水牛不怕雨，随便一拴就行。黄牛淋一点雨也没关系，但最好让它们在大石头或大树下面躲一躲。

雨水从天上垮下来，在岩巴上扯起一绺一绺临时的瀑布。石头拦着水，又放了水。水是浑浊的，石头是清亮的。水的声音，就是石头的声音。

炸雷的声音，也是石头的声音。

岩窠一边成了水帘洞，一边却照耀着红太阳，万道金光。

7

小溪涨了齐头水，但雨一停，很快就消了。

小溪里的水常年不断，主要靠山泉养着。草坡上，石头下，都有水浸出来。我们用镰刀或柴刀挖一个小坑，再围上小石头，清汪汪的水很快就关满了。我们都有自己的小井，互不侵犯。但是，一年到头，谁都难得打一回牙祭，有一个口渴的机会。我们在酸菜稀饭里多放一点盐，这就有了吃了大肉的样子，然后用桐树叶子做的舀子来舀水，一气喝干自己的小井。

小溪里有一个重要角色，就是螃蟹。螃蟹也是我们本土童谣里的重要角色，一不留神就从句子里爬出来。它们在小溪里却深藏不露，要翻开石头才能看到。

一个石头，往往压着几只螃蟹。我们时不时翻出胀鼓鼓的母螃蟹。母螃蟹的肚皮都快撑爆了，只需指甲轻轻一撬，一个小螃蟹的仓库就打开了。那些小蚂蚁一样的虫虫，麻酥酥地蠕动着，却一眼就能看出都是螃蟹。

我学着电影里的口气说，我是来解放你们的。

我又学着大人的口气说，你们不要以为自己还小。我说，你们看看我，也小，早就放牛割草捡柴了。我说，你们已经有脚有手，都赶紧出来，长大了好打洞去。

大螃蟹更不能老在石头下面藏着。它们的爪子就像钳子，一定是打洞的高手。那爪子用草一拨弄就会张开，然后把草钳紧就不再打开。我常常用一根草提着一只螃蟹，让它离开小溪到旱地里去。我用小石头给它建一座房子，希望它在里面"深挖洞"。这其实是一厢情愿的，是徒劳的。第二天搬开石头，哪有什么洞，螃蟹也不知去向。几次三番，都是这个结果。

后来读《红楼梦》，赏花饮酒吃螃蟹那一节让我大吃一惊。我从没想过螃蟹可不可以吃。童谣里说螃蟹可以喂猫，我用一根草提了一只回去，但猫只是嗅了嗅它。"螃蟹骚臭"，那么，人更不会去吃它。我们那儿的螃蟹都是没有见过世面的老土，可能真不能吃，就像懒蝉子不能吃一样。

懒蝉子，就是知了。我们那儿的懒蝉子唱上一段，声嗓火辣，节奏疾速，高腔高调，大起大落，就像进行曲一样，并不像我后来在别处听到的那样懒洋洋的。懒蝉子在树上唱起来，人还没走到树脚，树梢却突然不吱声了，而近处的石头又唱开了。这儿一声一声"嗞"，那儿一声一声"哟"，却很难捉到。

鸟也是这样。鸟窝随处可见，有的还有鸟蛋，但鸟总不在里面。我不会去碰鸟窝里那些还没有长毛的鸟雏，也并不指望捉住一只羽毛丰满的鸟。鸟唱的歌有的好听有的不好听，我会跟着那好听的学几声。我反过来教鸟唱歌，"东方红太阳升"，"下定决心不怕牺牲"，鸟却一个字也唱不来。

我们早就发现了吊脚蜂的窝，不仅没有把它端了，而且还像照顾鸟窝一样照顾着它。电影才开个头，不能就结了尾。那窝是敌人的司令部，不管掩在荆棘丛中，还是躲在石头缝里，都不是在藏猫猫，而是在谋划对我们发动袭击。我们用枝条盘一个箍，把头部伪装起来并且保护起来，然后潜伏下来，对凶恶的敌人进行火力侦察。我们都需要刺激，需要兴奋，就是被螫一下也不要紧。一把泥巴撒过去，赶紧让脸埋起来。敌机嗡嗡嗡飞出来，却不扔炸弹，而是直扎下来。我的头上一次次被螫出了包，却都骄傲得好像得了军功章。

一种叫活辣子的毒虫，却是惹不起的。活辣子形体接近毛虫，颜色接近树叶，它就是在桐树叶子上起了堆，也不容易发现。它那样子只会让人恶心，不会让人刺激而兴奋。我宁愿让吊脚蜂螫十下，也不愿让活辣子螫一下。我每一次爬桐树让它螫了，都恨不得点一把火把它烧了。

我真把火柴从家里偷出来了。

这却是已经到了冬天，桐树上的叶子早掉光了。

我和一个放牛娃儿私下约好，我出火柴，他出洋芋，打伙烧洋芋吃。我好不容易把火柴捂在了身上，他在家里却没有机会对洋芋下手。我只好背着包括他在内的所有人，把火柴藏在了一个淋不着雨沾不了霜的地方。

他把洋芋偷出来的时候，火柴已经在大石头压着的小土洞里埋伏好几天了。

所有的放牛娃儿都会分到一个洋芋，火柴却只有三根。

火柴是我的，我负责点火。

一个大刺丛下面，堆上了七手八脚捡来的柴。霜已经化掉，柴却还是湿的。一双冻红的小手捧来一个废弃的鸟窝，那一团毛毛草草好像刚在怀里焐过，暖烘烘的。

大伙儿紧匝匝围成一个圈，挡着风。

第一根火柴一划燃就熄了，谁都不敢再出大气。第二根火柴受了潮，划了一下就报废了，谁都不敢再咽口水。万幸，我憋着一口气，把第三根火柴划燃，把鸟窝引燃了。

湿柴冒烟了，然后，一团小火笑起来。

一蓬刺烘干了，一团大火笑起来。

大伙儿都伸出双手，就像要把大大小小的火都搂进怀里。

洋芋烧熟了，在每一双小手里蹦蹦跳跳。

说起来，我从小就是一个馋嘴子，一个败家子。

不过，没有一个放牛娃儿的嘴是不馋的。一年到头，我们都在垄里寻吃的。地木耳和山药不能生吃，我们得把它们带回家。泡儿，水楂子，麦浆子，地瓜子，不洗都能吃。泡儿就是刺莓。我们烧洋芋毁掉的那一蓬刺，不知下一年会结出多少泡儿。水楂子和麦浆子都是小颗粒，也就能哄一哄嘴。地瓜子有拇指头那么大，也最好吃，但要热乎乎的地气把它蒸软了蒸熟了才行。我们趴在地上，寻到了扎地生长的地瓜子，哪怕还是硬的，也不会留下来等它软了再来。地瓜子熟了，就不一定在那儿了。生地瓜子一点甜味也没有，生洋芋大概就那个味道，但好歹能够填一填肚子。

我们又冻又饿，都盼着冬天快快过去。

天气暖和了，岩巴上突然鲜亮起来。

石壁叠了一个小平台，积了一点腐殖土，冒出了一株漂亮的花。花茎又长又细，擎起的花却是好大一朵。

一面石壁，一株花，把一群放牛娃儿都震住了。

我们都仰着头，悄不作声。

一个女娃儿说，那叫百合花。她说，百合花可以吃，可以做包子馅儿，还可以煮汤。她还说，百合花的脚底有一个果儿，烧出来比洋芋好吃多了。

小平台离地面并不高，下来容易，上去却难。我不等别的娃儿回过神来，已经爬上了石壁旁边的陡坡。我已经侦察好了地形，他们就是追上来也抢不过我了。我只要登上一道土坎，拽着一棵松树的根梭到一面石壁上，再拽着石壁缝隙里伸出来的枝条往下梭，那个小平台就会把我拦下来。

我不知哪来那么大的胆量，顺利地走完了那一条手脚并用的路，在小平台上站稳了。

我顾不上细看百合花。我要把它带回家，移栽到院坝边上。那儿有一棵高大的核桃树，会为它遮风挡雨。

腐殖土又松又软，我只用一根手指就把百合花连根掏了出来。它果然有一个果儿，就像大蒜。

突然，那个说百合花可以吃的女娃儿在下边喊起来，那是我的花！

我双手捧着腐殖土，腐殖土里生了一株百合花。百合花正向上长，拽着我紧贴石壁站了起来。

她接着喊，这是我家的山！

我没有低头看她，而是抬头望了望来路。我就是站在这儿向上长十年，也够不着那刚才捋我下来的最后的枝条。我只有往下跳这一条路可走。

你和我不是一个生产队的！她的喊声更大了，这不是你家的山！

山音子尖声尖气，百合花不停地打战。

大伙儿远远近近地看着我们，连一声口哨也没有。

百合花从我的手里飞出，花瓣却没有完全张开，结果坠落下去了。

女娃儿伸出双臂，百合花生长在了她捧起的双手之中。

太阳暖洋洋的，石壁却冷冰冰的。

女娃儿转身跑开了。那朵漂亮的花从她的额前冒出来，从高处看过去，就像插在她的头顶，迎风摇曳。

我从"山"上跳下来，就像英勇就义一样。

8

没错，墼里的每一块地方，包括陡峭的岩巴，都是"山"，全称叫"自留山"。

自留山，是指农业集体化以后分给社员使用和经营的小块山林，山权仍归集体所有，林木和林产品归社员个人所有。自留山和自留地一样，也和牛一样，名义上是集体的，实际上是各家各户的。

满堑都是"山"，一绺一绺，从堑边划分下来。

我们的脚，还有牛蹄子，一会儿踩着自家的"山"，一会儿踩着人家的"山"。我们已经让条条块块的"山"打了平伙，吃上大锅饭了。甚至可以换句话说，我们放牛娃儿闹了革命，反过来，又让有名有姓的"山"集体化了。只不过，我们不能忘乎所以，必须清楚是在谁的"山"上。"山"要是翻了脸，一朵野花也会蜇了手。

我没有在自家"山"上见过百合花，也没有在其他"山"上见过第二朵百合花。

一朵野花，没什么好争的。我们主要是争柴争草。

老辈子都私下说，从前，堑里的大树比水桶还粗，草深得能藏住人。后来，"大炼钢铁"，"青山变黄山"，满满当当的一条堑，就变成光光溜溜的了。尽管如此，最初，我们也还能够让背篓冒出一个炫耀的"梢背"，就是把树梢拧成一股索，再把那高高隆起的柴或草捆扎住。后来，别说"梢背"，要把背篓填平都难了。

按说，大树没有了，草总是要一茬一茬长出来的，一条墼随便截取一段，养活一群牛应该不成问题。但是，牛嘴和镰刀加在一起，就像野火一直在烧一样，平地和缓坡上的草怎么也长不赢了。

深草，差不多只有陡坡和岩巴上才有了。

牛，上不了陡坡和岩巴，只能在草坪上啃着浅草。

一条牛看上的草坪，另一条牛也会挤过来。它们会为争草打架，牛角顶撞出"咣咣咣"的响声。这时候，我们都会站在自家的牛一边，弄不好也会打一架。

我们虽然都把牛鼻索丢了手，却不敢让牛离开视线。我们得随时抬起头来，看一看自家的牛。牛不能到陡处去，也不能到墼的下一段去。石板路往下走就有了田地，再往下走就有了人家。牛要是在草坪里啃得不耐烦了，一趟子跑下去把那田地里的禾苗吃了，那可不得了。

我们盯牢了牛，也就盯上了公牛和母牛那一点事。公牛骑母牛了，我们照样认为责任不在自家的牛。我们认定，那事发生一次，公牛和母牛都会掉一点膘，就是说都会影响评膘。因此，我们常常互相警告，各人要脸！

小黄牛也已经学坏了，竟然停了吃草，偷看公牛骑母牛，学艺一样。它要是看久了，我就会骂它几句，甚至用黄荆条抽打它的屁股。

有一回，它竟然也去骑一条母黄牛了。我奔跑过去，看见它肚皮下面已经露出一截，赶紧用黄荆条朝那儿捅了一下。它浑身一抖，垮了下来。它发毛了，脑壳一埋，把我顶了个四仰八叉。

狗日的牛！

我从地上爬起来，它已经放开蹄子跑开了。我追了一阵，好不容易一脚踩牢了牛鼻索。它扭着脑壳使劲扯，鼻子歪来歪去，牛鼻索突然脱落在地，它成了"光脑壳牛"。

我大喊大叫，几个娃儿就围了过来。不管哪一条牛造反，我们都得依靠集体的力量去制服。

牛都是很犟的，小黄牛也一样。它比那些粗笨的牛跑得快，我们却不能把它逼急了。它要是往坎下跳，或者让石头伤了蹄子，那更不得了。

小黄牛被追累了，就不再跑，服软了。我把牛鼻索给它穿上，挽了一个结实的死疙瘩。我也服软了，并没有把它拴起来抽一顿。我们之间的和解，就这样达成。

它吃饱了，那才是硬道理。

但是，小黄牛和那些大肚皮的牛一样，在草坪啃上一天也不一定能管饱，我还得把草割回去让它接着吃。

哪儿有深草，我们就会扑向哪儿。

我们的规则是，谁的镰刀最先到达，那一片深草就归谁。于是，人还在陡坡下面，镰刀就已经从手中飞出，像一只只钢铁翅膀的鸟，在太阳下面闪着光。

这是明规则，亮铮铮的规则。

女娃儿都是割草能手。她们眼睛尖，脚快手也快，总是最先抢到离深草最近的地方，并且最先把镰刀抛出去。

镰刀迟了，或者偏了，只得向更陡更危险的地方攀爬了。一棵树，一根藤，甚至一苗草，都能搭一把手。那些勇敢的身影，不断地成为岩巴的一部分。

深草被割掉，扎成草把子，从岩巴上抛下来。

突然抛下来的，还有割草的人。

方圆左近，不时传来大人或娃儿滚岩的消息。滚岩，就是从岩巴上坠落下来。那就算能够捡回一条命，也往往会落下终身残疾。

这样的悲剧，突然就在眼前发生了。

岩巴上有簸箕大的一块草坪，不知什么时候多出了一个小人影儿。那是邻队的一个女娃儿，身影和深草随风起伏。我朝那儿望了望，双腿就发软了，赶紧埋头。

突然，一声尖叫让我抬起了头。尖叫声很短，好像是山音子先起来，迅速向那一块高悬的草坪回收过去的。

那草坪，已经空空荡荡。

我们好像在等待第二声尖叫，谁也不敢出声。过了一会儿，我们才好像从梦里惊醒过来，齐声齐气向坝上报信。

一个女娃儿绊死啰！一个女娃儿绊死啰……

壑，敞口大喇叭，把我们的喊声送上了天。

绊死，就是在陡处坠落下去，摔死了。

那个女娃儿并没有绊死。几个大人扑下了壑，把她救了上去。她保住了一条命，却失去了一条腿。

9

我没有冒险到陡处去割过草，这算是得了小黄牛的好处。小黄牛肚皮小，何况又是丁等，饱一顿饿一顿没有关系。

柴，却还是把我逼上了悬崖峭壁。

秸秆是季节性的燃料，一阵子就烧过了。煤炭要钱，没有哪家哪户富得可以由着它一年四季烧出头。总的说来，烧锅煮饭，捡柴当家。

我们那儿从前以山好林好远近闻名，到了我捡柴的时候，这已经完全倒转过来。缺柴烧，已经成为姑娘不愿嫁过来的一个理由。柴的问题，比起草来要严重得多。

牛在堑里总会混个半饱，所以，我们的主要任务是捡柴。放牛和割草都是季节性的任务，比如冬季，牛不会出门，我们也不会割枯草。捡柴却是一年到头的任务，就是下雪，我们也得抢在雪埋上之前把柴捡回家。

邻队有一个盲人，也差不多每天出来捡柴。我们知道，他是一个孤人，不捡柴就吃不上饭。他从自己的家去自己的"山"，只有堑边一条路可走。他出现的时候，堑边好像升高了。他什么也看不见，全靠一根棒探路。他的背篼很小，空着的时候就好像已经压得他直不起腰了。小背篼里有了柴，他往回走的时候却还是那样，弓着腰。

那一根棒不停地在地上点着，点到虚空就是堑了。

堑的大嘴，已经舔到了他的脚边，白云也已经浮到了他的脚边。他要是一脚踩空，好像不会掉到堑里来，而是会被云团托升到天上去。

我们不知道他背回家去的是干柴还是活柴。我们的眼睛都好好的，差不多寻遍了堑里的旮旮角角，干柴越来越难捡到了。

上面却又颁布了一项新政策，禁止垦荒、放牧和砍柴等人为的破坏活动，以恢复森林植被。这项从"青山变黄山"倒转过来的政策叫做"封山育林"，到了下面，其执行的方式叫做"看山"。每一个生产队，都有一个人专门负责看山。凡是长柴长草的地方，包括自留山在内，都在看管之列。"山"上的草可以割，干柴可以捡，但不准砍活柴，更不准砍树。各家各户名义上拥有一片山林，集体却又派一个人统一把它管护起来，谁要是敢对任何林木动刀动斧头，谁就是破坏"封山育林"，轻则游街，重则判刑。

坝上挤满了生产队，那些看山的人会在各自的墼边冒出来。他们是坝上加设的游动哨位，居高临下地监视着我们。

看山的人，都随身带着一把柴刀。他们在墼口设卡，甚至会突然扑下墼来。他们要是在我们的背篼里翻出活柴，背篼就有可能被那柴刀砍了。

我们把灌木或荆棘砍下来，把树枝剔下来，藏在干柴下面。背篼里捂着这样的活柴，墼口就成了鬼门关。我们回家可走的墼口有好几个，无从知道看山的人会埋伏在哪一个。我们以为已经平安过关了，看山的人却突然从石头后面冒了出来。背篼立即乖乖地蹲下来，一溜儿坐在小路上。我们一伙小小的坏分子，低着头站成一排。

一个背篼翻出了活柴，立即就挨刀了，篾条发出让人心碎的声音。

一把刀在执行政策，背篼该杀。

我的背篼也挨过一刀。看山的人手下留情，就像试了一下刀，背篼只留下了一条小伤口。我伤心地哭了一场，用青藤把那条伤口缝合起来。青藤渐渐干了，差不多和篾条一个颜色了。

砍柴的罪是柴刀犯的，与背篼并没有关系。我不知道，看山的人为什么不没收我们的柴刀。可能的理由是，他手上已经有一把柴刀，足够把一个公社的背篼都砍了。

刀还在，柴，就还得继续砍下去。

樵夫，也就是砍柴的人，在歌谣里可是一个浪漫的角色。我们已经失去了砍柴的权利，不可能成长为一个樵夫了。

出门一声山歌子，
进门一背块子柴。

这山歌子早已不唱了。块子柴就是劈柴，也已经成了一个传说。

壑，本来给了我们放牛娃儿一条生路，却又在一点一点堵上，一点一点断掉。事实上，为了把山林封死，壑里的几条路都已经被人在陡处挖断，谁不要命谁就去走那绝路。但是，我们用柴刀掏出了肉眼几乎辨认不出的路，然后双手扣紧峭壁，一个个都过去了。

我们并没有停下来，还要继续攀登。

岩巴上有一棵桐树，还残留着一些叶子。我爬了上去，抱着树干摇一气，那金黄的叶子向下飘落，发出火燃烧起来一样的哗哗的声音。

我朝着下面大喊，这是我的！

山音子也帮着我喊，这是我的是我的我的……

几片桐树叶子贴在了石壁上，一阵冷风扑过去，把它们都揪了下去。

头顶还有松树，我接着向上爬。松树下面有一层松毛子，湿漉漉的。我张开手指把松毛子搂在一处，还捡到了一颗松果子。我把它们焐在身上，好像是来救它们的命的。

柴，却差点要了我的命。

那是一个干枯的树桩，虽然很小，却是难得的好柴。树桩扎在悬崖边的黄土里，我用柴刀掏了一阵，它就是不肯跟我走。我发了狠，双手抱着它猛拽。我要先让它松动了，然后站稳，再慢慢收拾。谁知道，它的固执是假装的。猛然间，它破土而出，现了原形。我来不及叫一声，就一个倒栽葱坠落下去。万幸的是，下方一块小土台把我拦了下来。我的头悬空倒挂在小土台外侧，后脑勺感到了壑底涌上来的寒气。我的眼睛一眨不眨，直直地望着蓝天白云。我的嘴好像张开着，却发不出一丝声音。一个小伙伴在上方趴出半截身子，用哭腔不停地喊着我的小名，我听得见，却发不出声。他不停地喊，不知过了多久，我才答应出声。

我们飞檐走壁，上天入地，把一段壑篦过来篦过去。夜里，我睡在床上，再在脑海里篦一遍，也实在不知道壑里哪个地方还有干柴了。

干柴已经是死路，活柴才是活路。

我们把活柴砍下来，让它变成干柴，然后大摇大摆地把它背回家。

我砍下活柴丢在原地，却总有人抢在我的前面把它捡走。我不断地成为失败者，只有偶尔的成功。

不过，看山的人才是最大的失败者，因为"山"一天比一天光了。

我们耍的这一套活柴变干柴的把戏，坝上的大人们是一清二楚的，因为各家各户都烧的是这个柴。

看山，依然要进行到底，不过也只好睁只眼闭只眼了。

事实上，那个盲人一直是在砍活柴的。他看不见看山的人，看山的人也装着看不见他。我们终于知道了这个秘密，就对他享有的特权嫉妒起来。

一天，盲人从堑边经过，不知是谁起的头，我们朝着天上喊起来。

瞎子！瞎子！瞎子……

他好像还耳聋。一团白云跟在他的脚边，他的棒不停地戳着，却总是戳不散。

我们的胆子就大起来，喊声也更大了。

瞎子，滚岩！瞎子，滚岩……

他终于停下来，朝着空荡荡的堑，狠狠地打了一棒。那一团白云挨了打，却依然不肯走开。

我们就这样破了胆。那以后，盲人一在堑边出现，我们就会朝他大喊起来。

瞎子，滚岩！瞎子，滚岩……

他没有再用棒打过堑。他偶尔回骂一句，大多数时候一声不吭。

我跟着这样喊过，也带头这样喊过。

我们的胆子都越来越大，开始砍树了。

我和一棵柏树较上了劲。柏树长在一道坎上，有碗口粗，却也算得上大树了。我的柴刀像一只鸟，一点一点地啄，掉下的木渣就像麦粒一样。我不听哥哥的阻止，也不顾大伙儿的嘲笑，差不多每一天都要哔哔剥剥证明一下，这棵大树是我的。我相信，不等过年，我一定能够把它放倒。至于是不是又需要花一年才能把它分解成段，我好像都没有想过。

一天，我正啄着那棵柏树，小伙伴们又喊开了。我抬头看见了，盲人正从堑边向他的"山"走过去。他的身影，看上去那么可怜。我突然感到了不忍，也感到了害怕。我丢下柏树跑过去说，今天不要乱喊！

喊声立即歇了。为啥子？为啥子？

今天，他真的要滚岩了。

你咋晓得？

我只不过想让那喊声停下来。我只好说，我看出来了。

大伙儿都让我的样子逗笑了。还好，他们笑过之后，都住了嘴。

盲人往回走的时候，大伙儿又都抬起了头，却没有一张嘴出声。他们这是要目送着他平安地走过去，然后看我的洋相。

堑里阴悄悄的，我反倒让这一幕吓住了。

盲人好像拿不准，堑是不是还在他的脚边。那根棒也越来越不对劲，看上去有一点急。他脚下的堑边开始拐弯了，他的身影渐渐只剩下半截。我们都正要吁出一口气，我的预警却应验了。

那半截身影突然一偏，整个身影立即以一个倒栽葱在半空还原，然后消失。

我们听见了一声长长的嚎叫。

我们还眼睁睁地看见了，那一根棒，那一个小背篓，刚在半空颠倒了一下顺序，就无影无踪。

盲人还是个青年，却在突然间迸发出了老人的叫声。他就像从年轻一步跨入苍老，向一个深不见底的棺材坠落。他好像突然间打开了视力，终于看清了这个世界，原来是一个乱石丛生的深渊。

我低下头，浑身抖得像筛糠一样。

大伙儿都不说话，更没有朝着天空喊一声。

我们在第二天才知道，盲人并没有摔死，只受了一点轻伤。一种说法是几丛灌木拦住了他，另一种说法是他手里的棒救下了他。过了几天，他又在壑边出现的时候，我们不敢再像从前那样喊不说，甚至都只敢说悄悄话了。

一天，我断断续续砍着的那棵柏树不见了，只剩下一个桩。那树桩有一点高，把我啄出的那一条伤口保留了下来。那就像发不出声的一张小嘴，再也合不上了。

太阳在壑里划出的那一条线，一丝一丝移着。我们在阴与阳的交错之中，一天一天长大。

我们在明处成长，也在暗处成长。

我们正吃长饭，都会不时抬头看那岩巴上的时间。那一条线移到一棵倒挂的松树根部，吃早饭。那一条线再移到"白石岩"的上边，吃晌午饭。这两个时间一到，壑边就会有人影冒出来喊我们。

回来吃饭啰！

回来啰！

没有这一声喊，那一条线就算到了位，我们也是不能回去的。一声答应过后，我们不管是急性子还是慢性子，都不会有半点拖沓，赶紧把牛鼻索拴在树上或灌木丛上，或者压在石头下面，然后，背上背篼回家。

我们和牛是轮换着吃的。我们饿着肚子的时候，牛在吃草。我们回家吃饭的时候，牛只能甩着尾巴打牛蚊子，或者反刍。牛有这个倒嚼的本事，等于是把草粗吃一遍过后再细吃一遍，它的嘴差不多是不空闲的。

我们在壑里，却是连哄一哄嘴的都寻不到了，只有等家里的酸菜稀饭来喊。有时候，那一条线都移过了倒挂的松树，我们把脖子都望酸了，家里也没人到塆边来喊。那么，我们只得一点一点地挨，一直挨到那一条线移到了"白石岩"，再回去把早饭和晌午饭合在一起吃了。

我们捡回去的柴越来越少，这当然会影响到煮饭，那一条线已经没个准了。

我们在等饭的时间里，已经无心再捡柴割草了，往往会开展一种叫做"砍把"的活动，让可能的好运气来撺一撺饥饿。

一人出一把柴或草，在地上等距离丛着。柴刀或镰刀，也集中到了一堆。我们在谁的"山"上，谁就有资格闭着眼睛把刀一齐抛出去。谁的刀离柴把子或草把子最近，谁就最先上场，依次类推。我们分别抓起自己的刀，弯下半截腰，闭上一只眼，瞄准，再瞄准，让刀飞出，砍中的柴把子或草把子就归自己了。

每把刀一轮出场一次，第一轮如果不能将所有的"把"全部"砍"倒，那么再抛一次刀，再"砍"。这可是真金白银，不是闹着耍的。谁要是拒绝参加，谁就会被视为没有集体观念，什么好东西也都没有他的份了，比如从坝上带下来的山楂子、杏子和核桃，还有小人书。

这一天晌午，也是合该出事，太阳都让"白石岩"亮出一拃宽了，还没有一个人出来喊吃饭。我们只好又"砍把"了。大伙儿都盯着柴，就忘记在后脑勺上长眼睛了。

突然，我们听见了惊乍乍的吼叫。

小溪往下走一段，蓄了一个牛卧池。牛卧池里的水，养了几块水田。水田是邻队的，一群社员刚在里面薅完秧子。两条牛没等那些社员收工走远，就顺着石板路往下跑一截，吃起稻田里的秧苗来了。

邻队的社员里有两个人跑回来，一股风。他们一个人捉住了一条牛。

两个倒霉的放牛娃儿，一个是三爸儿，一个是我。三爸儿是二爸儿的弟弟，当时我叫的还是他的小名。

那两个人把两条牛拴在牛卧池旁边的一棵树上，其中一个人喊话了，就像在喊口号一样。各人的牛，各人赶走！

晌午的太阳照着他们那一边，把阴影留给了我们。小伙伴们在一个大石头旁边扎成一堆。其余的牛，不用看，都在没心没肺地吃草。

我是放牛娃儿，总不能不管自己的牛。哥哥因为生病不在现场，那么，这个救牛当英雄的机会就归我了。再说，我是个急性子，已经等不及三爸儿先打头阵，只想尽快知道事情的结局。我甚至有一点激动，我想我大概就要像小人书里的英雄那样牺牲了。

我昂着头，往前走了。

我踏进阳光那一刻，却好像什么也看不清了。

我只看我的牛。但是，我还是瞥见了一根树儿子，比酒杯还要粗。树儿子就是幼树，被砍下来做了薅秧棒。

一只大手突然伸过来，捉起了我的左手。

树儿子剔掉枝梢之后，就像长满了钉子。它打了我的左手，三下。

我把牛鼻索解开的时候，还瞥见了一根斑竹棒。

我右手牵着小黄牛，左手火辣辣的。我活着回来了，有点泄气，不想再回到那阴影里去，但又没有别的路可走。我两眼发花，看见一个人影从另一条小路上走过去了。

那是二爸儿。他已经参加农业生产劳动了，不知从哪儿冒了出来。他的弟弟惹了祸，他顶了上来。他就像是打着空手去赶场一样，走得很慢。他又像是替我去当英雄的，昂一下头又低一下头，大概在编什么台词，或者在回忆他讲过的故事里的什么豪言壮语。但是，他是地主的儿子，个子又小，怎么看都不像一个英雄好汉。

我和小黄牛都停下来，掉转头，看着接下来的一幕。

那是太阳下面的一幕,但我后来每一次回忆起来,那都好像发生在阴影里,甚至黑暗中。

二爸儿刚走到牛卧池边上,大概一句话还没说完,就被斑竹棒打下牛卧池。

"扑通"一声,水花四溅。

二爸儿从水里迸出来,想从另一岸爬上去。但是,树儿子已经在那边等着了,他又被打回去。

"扑通"一声,水花四溅。

二爸儿又从水里迸出来,他呼喊的口号声也迸出来。口号前半句已经淹在了水里,我们只听清了后面的"万岁"。

斑竹棒和树儿子各站一边,轮番抽打一个还在吃长饭的青年。青年被这边打下,又赶紧从那边迸出受打。他出水那一刻,口号声也呼啸而出。那口号声,淹掉一半,泼掉一半。他大概把能够救命的"万岁"都喊了一遍,却是喊一句就被打进水里一次。

小小的牛卧池,波浪滔天。

口号的最后一缕山音子消失了,水声却好一阵才平静下来。

我自己好像已经被打死了,但是,我听见了我自己的哭声。我还听见了一堆放牛娃儿的哭声。

三爸儿长一声短一声哭着,不时夹一声"二哥"。

二爸儿趴在牛卧池边上，一动不动。

邻队的社员正式收工。他们里面好像有人喊过"不要再打了"，却是连一点山音子也没有。

小黄牛一直不停地扭头，不停地摇头。我终于把那死死拽着的牛鼻索，松了一松。

大爸儿也突然冒出来了。他逢岩跳岩，逢坎跳坎，向牛卧池扑了过去。

二爸儿趴在大爸儿的背上，不知是死是活。那洒了一路的，也不知是水，还是血。

三爸儿牵着牛跟在后面，已经顾不上哭了，却还是和两个哥哥拉下了一大截。

那一条阴阳分割线，已经完全移过了岩巴上那一块硬邦邦的银幕。一场慷慨赴死的大戏刚刚演完，灯亮了。

11

那真是一条不死之鳖。

二爸儿没有被打死，只在家里躺了三天就出门了。他头上的血窟窿密密匝匝，好像刚刚拔过钉子。他依然笑眯眯的，只不过一张脸放一放就得收一收。他后来去十公里之外的一个村子安家落户，我和他只在三爸儿结婚时聚过一次。如今，三爸儿都当爷爷了，我和二爸儿还没有再见过面。

盲人一直平安无事，但我对他心存歉疚。我当上我们公社小学的教师以后，发动学生组建了一个"学雷锋小组"，定期给他送柴。我去过他的家好几次，并不担心他能够听出我的声音，因为我已经完成了由少年到青年的变声。他叫我"老师"，说着感谢的话，那声音好像再也没有从苍老变回去。我在几年后离开了那小学，再也没有过问过他，最近才听说他去世好几年了。

但是，我的小黄牛，就没有人那样的幸运了。

我早在《婆婆》一文里写过小黄牛之死。那么，在此，我能不能不再说它，或者一笔带过？

丁等小黄牛滚岩死了，总归赶得上杀一条肥猪，让一个生产队的人打了一回牙祭，这在当时也算不上多么重大的损失。前三十年死猫，后三十年死狗，哪有必要一说再说。但是，如果舍掉了小黄牛的结局，好像就不能完成对一条牮的收口，不能完成对一个放牛场的清零，同时，也就不能完成对一个放牛娃儿的身份和履历，做一个完整的交代。

我们如果需要完成对一段岁月的倾听，仅有风声雨声是不够的。换句话说，我们要倾听历史的回声，最好让山音子也加入进来，哪怕它是一个比鸡蛋还小的石头发出来的。

如此说来，我只好硬着头皮，再把小黄牛的末路牵出来，走一遍。

一天晌午，我以学娃儿的身份从学校一股风跑回家，然后以放牛娃儿的身份从家里一股风跑下壑。小黄牛已经独自下了壑，在一个又陡又窄的平台上吃草。我蹲在它头顶的小路边，跟它说了几句话。

这么陡的地方，你咋爬上去的？

它不抬头，那样子就像一定要啃出一个丙等乙等甲等。

你为啥要往陡处走？

它的鼻子里喷出响亮的气息。壑里已经成啥样子了？它好像在说，牛眼睛都能看见，人眼睛看不见？

草坪，已经让社员们用锄头刷干刷净了。这种名为"铲草皮子"的积肥运动，是从坝上的田埂和地埂蔓延到壑里去的。接下来，社员们索性把那些草坪都开了荒，种上了白蜡树。

上来！

小黄牛装作听不懂我的话，还是不抬头，只对我甩了甩尾巴。

快上来！

噌！噌！噌！

我顺手摸起一个小石头，朝它抛掷过去。

结果是，小黄牛浑身抖擞一下，一脚踏空，屁股朝天栽了下去，脑壳插进了一个乱石堆。壑里爆发出垮岩一样的响声。山音子滚动起来，好像四处都在塌方。

我紧跟着牛从陡坡上梭下去的时候，天紧跟着我从头顶上塌了下来。天，原来和地是一样的。我身后奔涌而来的泥巴和石块，还有柴柴草草，好像要将我埋葬。

牛儿，活！牛儿，活……

我这样一声一声喊着。

牛鼻子深埋在乱石堆里，发出了最后一声粗重的叹息。

牛的四条腿不再乱弹乱刨，弯曲着指向一绺窄窄的天空。

牛儿，你活啊……

小黄牛死了，我还活着。

因为婆婆和母亲的庇护，我只不过度过了一段少言寡语的日子，并没有受到什么追究。经济惩罚却是免不了的，父亲向生产队赔了他几个月的工资。还好，我们家的房子没有再搭进去充了公，包括牛圈。

那条牛本可以带走我的，却让我留了下来。

四十年过去以后，我好像又遇见了它。

前不久，我回老家去，趁着好太阳，到公路上走了走。从前狭窄的碎石公路，早已改造成了宽大的沥青公路。在当年给牛评膘临时霸占的那个路段，我遇见了一个当年的放牛娃儿朋友。

他见了我，把一只手提着的一台机器放下来。

我问，啥子机器？

耕地的。

叫个啥子名字？

没个名字。他说，硬要有个名字，那就是耕牛。

我弯腰看了看机器的标签。我指给他看，耕耘机。

我哪像你。他笑了，啥子都要个字管着。

耕耘机是黄色的，依了泥巴，也依了黄牛。我正想开玩笑说这是我的那一条小黄牛转世，但转念一想，我怎么能从城里跑回乡下来，跟人家争一条牛。

我问他，听说，现在全乡都没有一条牛了？

咋没有？他说，养牛场有好几个，你去看看……

我说的是耕牛。

你看，你都当作家了，也没把字都管住。

我和他一起笑起来。

车不停地从身边过来过去。我离开公路，拐上了一条水泥路。这条路是通往壍边的，我再没有遇到一个人。

我已经站在壑边上了。

匣子沟，我的孩子一辈一直这样称呼这一条壑。我纠正过好多次，都没有用。这个虚构的名字，已经被他们叫成"非虚构"了。

眼底下的壑也好像是虚构的，或者是另一条壑。

我们当年主要走的那一条路，已经被树木、荆棘和草封死。

壑底的石板路，还有小溪和牛卧池，已经让从另一个壑口修下来的机耕道霸占。

大树明显比从前多了，黑石头却好像比从前少了。

这个废弃了的放牛场，更是不见一个人影。

我沿着壑边走了一段，还是看不见当年小黄牛滚岩的那个地方。

我停下来，俯瞰着"白石岩"。那一条阴阳分割线，还要一顿饭工夫，才会移拢那一块"银幕"。

满世界都在问，时间去了哪儿。这儿的时间，好像哪儿都没有去。

太阳很大。我站在这一边，却没有在那一边投下什么影子，没有让那一条线的形态发生什么改变。我知道，这并不是说，我这个人及其影子，我们每一个人及其影子，就可以忽略不计。

我
的
语
文

1

我清楚地记得，我入学以后上的第一课，是语文。

我却说不准我认识的第一个字了。我只是隐约地记得，我在入学以前就已经认下了一个字。

我在农村长大，换句话说，我在生产队长大。我还没有上小学，各种颜色的字都快把我包围起来。那些字大都是标语口号，分布在墙、门板、门枋和柱头上，还有石碑和崖壁上。

社员住的房子大都是土墙，偶尔也有木板墙。土墙上的字一般是用石灰浆写的，木板墙上的字一般是用墨汁或者油漆写的。

门板、门枋和柱头，都是先刷上一层黄油漆或白油漆，再用红油漆描上美术字。

石碑上镌刻的是领袖语录，所以又叫语录碑。它们大都占据着显要的位置，比如晒场和学校，比如三岔路口。它们更多地分布在公路边上，不上一公里就竖有一块。

崖壁上的字往往比一扇门还要大，有的甚至抵得上一间屋。弄这样一个字，等于开一片山。

那些字，我在入学以前只认得它们的颜色。我穿着开裆裤，跟在写字的人后面看稀奇，看他们用毛笔、排笔、小扫帚或者谷草把子写字。他们文化水平高，阶级成分更过得硬，因此是很骄傲的，也是很威风的。

一个人正用石灰浆在墙上写字，一笔一划，写得很慢。

我问，这个是啥子字？

黑字！

那么，他真用墨汁写字时，不用问，答案正好相反。

白字！

我当时要是有那个水平，正好上纲上线，给他扣上一顶黑白颠倒的大帽子。

那个人突然弯下腰，恨不得把屁股撅到天上去。我也赶紧跟着他弯下腰，从下往上看，好像那些字我都认得似的。后来我知道了，他费那个劲，是要把一个被"打倒"的人的名字倒着写下来，头朝地，脚朝天。

他在另一面墙上写字的时候，突然放下架子，教我认他刚写下的一个字。他把那个字念了两遍，我却不知道跟着他念，而是立即飞跑回家，向婆婆报喜。

婆婆不识字。她说，学校才管字。

我自己没有管好那第一个字，弄丢了。

2

我上学了。

我最初就读的小学，设在旧社会遗留下来的一个祠堂里。祠堂很小，破破烂烂。正堂做了教室，只此一间。偏房住着老师，还住着一家人。那家的一副棺材没处搁置，只好摆放在教室后面。教室本来就小，却无定期地被占掉一块，一班学生只好和桌子板凳胡乱挤成一团。窗户也很小，加之梁、檩子和椽子都黑得像墨汁浸过，天气再好也光线昏暗。那家人的灶屋紧挨教室，相隔的一堵墙又没有到顶，因此，那边要是用活柴烧锅，烟雾就会从头顶向我们直扑下来。梁、檩子和椽子，就是让那烟雾熏黑的。

我读的是一个复式班，哥哥已经在这个班读三年级了。我们都领到了新书，闻着比新米还要香。我捧着两本新书，急于认识那封面上的大字。

哥哥指着他自己那一本新书，语文！

我的书和他的书对上了号，我就算认识了"语文"。

"语"和"文"，我一眼认下了两个字，不分先后，不分彼此。

我的启蒙老师是一个民办教师，说一不二。第一堂课，他先给高年级上算术，同时要求我们新生背朝讲台坐着，不准回头，不准说话。我已经见过了撅着屁股写字，这会儿，轮到我背过身子上课了。高年级学生坐在教室后半部分，却没有挡住那一副棺材。我想扭头，却又不敢。我并不是害怕棺材，而是急着要看黑板。

我听了听高年级的算术课，一句也不懂，才知道我这上学，真是来错了地方。我只好不停地吸着鼻子闻我的新书，《语文》的香气好像要浓一些，《算术》的香气好像要淡一些。

终于，高年级学生转身朝后，低年级学生转身朝前。

老师举起教材，语文！

我立即把语文教材举起来，抢先对上了号。

老师没有在黑板上写字，不知道他都说了些什么。隔壁的烟雾突然漫过来，他也没有停下来咳嗽一声。高年级学生都一声不吭，我们新生就有了榜样，咳嗽几声就收了嘴。

这第一堂课名义上是语文，不过是胡乱听了几个数字，吸了几口烟雾。

但是，几堂课下来，我就知道了，上学读书，比捡柴和放牛有意思多了。如果教室没有烟雾来袭，如果一个年级一个班，那当然会更好。

烟雾并不是每堂课都来，也不是每天都来。烟雾不管是小是大，老师都会把一堂课坚持到底。他早有规定，上课咳嗽算违反课堂纪律，因此，我和大家一样英勇地憋着一口气，成了小英雄。

复式班按高年级和低年级划分成两个板块，听讲和写作业交替进行。老师给哥哥他们讲课的时候，我们扭头看黑板也算违反课堂纪律。高年级上算术课，我是懒得关心的，何况也不懂。但是，如果高年级上语文课，我就恨不得把那些生字全都认下来。我成了一个不守纪律的学生，但老师偏爱我，并不严管。

3

我读小学二年级的时候，换了一个老师。

他姓任，是一个知识青年，从嘉陵江边的南充市来我们大队第三生产队插队落户。他的腿不知出了什么问题，瘸得很厉害。他的眼睛也有一点问题。他大概因为这个干不了农活，就被派来给我们代课。我们对一个残疾人来当老师很失望。但是，他是捧着一个篮球来的，这又让我们很兴奋。

老师变了，教室却一点没变。烟雾又起，任老师竟然带头咳嗽起来。胆大的学生试探着咳嗽几声，全班同学就一齐跟了上去。接下来，咳嗽声一浪高过一浪，好像要把房顶掀翻。

突然，任老师大声宣布，下课！

我们就像电影里躲敌人的飞机一样，一窝蜂逃到了院坝里。

我们终于有了抗议的方式，一直憋着的那一口气终于吐了出来。

我们都知道了，我们有了一个好老师。

我却无从知道，任老师的篮球是从哪儿来的。腿疾让他打不了篮球，他不会带着一个篮球下乡。祠堂的石板院坝太小，篮球只好缩手缩脚。大家轮流拍球，每个同学一次最多拍二十下。这成了简单的算术课，尽管大家不喜欢，但毕竟比踢毽子和跳绳新鲜。很快地，同学们开始你争我夺，篮球运动就升了级。任老师时不时参与进来，我们自然会以他为核心，并且照顾着他的腿。他像篮板一样站立不动，篮球不断朝他飞过去，然后从他手里飞出来。

教室里的烟雾散得差不多了，我们的课间休息才会宣告结束。但是，一部分男同学已经跑到公路上滚铁环去了，并且已经听见了汽车喇叭声。一条碎石公路从山上滑下来，拐两个急弯，从祠堂后面拉过去。汽车在破破烂烂的公路上爬得很慢，要好一阵才会拱到眼皮底下来。任老师当然知道过一趟汽车不容易，他并不会吹哨子催促。汽车一过，上课的哨子就响了。

任老师的语文课，差不多就是一遍一遍地听写生字，就连高年级也是这样。他的城市口音有时会让我们犯一点小糊涂。他读出一个生字，我们明明听清了，却还是要恶作剧一下，啥？他只好照顾一下我们当地的发音。他甚至让我的哥哥当了几回低年级的老师。他给高年级讲课的时候，我们都可以抬头看黑板了。我甚至抢答他给高年级提的问题。他有点生气，但我并不怕他。

这样下来，我们的胆子就越来越大了。下了课，我在一个同学的鼓动下，竟然用肩膀把那副棺材顶开了一道缝。我还没来得及看清里面是不是关着什么生字，就被任老师揪了耳朵，并且有了我上学以后的第一次罚站。

烟雾还是说来就来，任老师不好带领我们一再罢课，但是，他会立即把语文或是算术放下，教我们唱歌。他有一台手风琴，那肯定是他从城里带来的。手风琴在他的怀里发出好听的声音。他的嗓音浑厚，也很好听。

他或许是一个不错的音乐老师。

他教我们唱的第一首歌，是《大刀向鬼子们的头上砍去》。

冲啊！
大刀向鬼子们的头上砍去！
杀！

同仇敌忾，杀声震天。我们要把那该死的烟雾杀了！

任老师一般会把歌词板书在黑板上。临时改来的音乐课，让我们学会了好多首歌，也让我们学会了好多生字、生词和好句子。那简直就是一堂一堂唱着的语文课。

花篮的花儿香，听我来唱一唱……
浏阳河，弯过了几道弯……
高楼万丈平地起……
一道道的那个山来哟，一道道水……

任老师还教给了我们"游泳"这个词，而在从前，我们一直把那叫做"洗澡"。

祠堂附近有一个堰塘，前任老师严禁我们下去洗澡。任老师不仅解除了这个禁令，还偶尔到堰塘边上观看。我们男生脱得精光，像一群鸭子直扑水中。水很浅，开初还是长江，一扑腾就成了黄河。一天午后，上课时间到了，我们还在水里不愿意起来。任老师抱着篮球，亲自到堰塘边上催促，我们却跟他讨价还价，大声叫他把篮球扔下来。他把篮球举起来，又放下来，就那样逗了我们一会儿。突然，他出其不意，把篮球砸进了堰塘。

篮球成了水球，我们成了疯子。

我们都听说了，任老师的父亲是一个大学教授，母亲是一个中学教师，那么，他受到的教育应该是不错的。他本人是一个高中生，那又怎么样呢？他的年龄老大不小了，却还没有结婚，甚至连一个对象也没有。他或许已经看透，读书真是没有什么用，倒不如让大家享受一点快乐时光。

一个下雪天，上课时间早就过了，却不见任老师的影儿，我便自告奋勇跑去叫他。他住在祠堂附近的一个大院子里，那间小屋的门闩着，我叫了半天他都不答应一声。大人们也过来喊，门才打开了。

任老师的脸上落了雪花，眼窝却早已湿了。

雪花稀稀疏疏，雪风却有点割人。田埂一根接一根，交错着向上爬。任老师走在前面，我跟在后面。他好像想把每一步都踩稳，但每一步都跛得不像样。他突然停下来，朝四下看看，好像一时不知道自己在哪儿。

我们很快就知道，任老师在一个会上挨批斗了。

他就像变了一个人。

我们的歌声也突然少了。

生字，还要继续听写下去。但是，我们不能再对他的发音发出疑问。我们一出声，他就会用他的城市口音朝我们咆哮。

夏天又来了，堰塘却又成了我们的禁区。任老师宣布禁令的时候，那口气，好像他从来就不允许我们洗澡似的。

还好，我们还可以像从前那样抢篮球。

一场大雨刚刚下过，我们把篮球打进了那家人的自留地。我把篮球捡了出来，却把脚印胡乱留在了地里，这自然引起了人家的强烈不满。

任老师气冲冲跛了过来，从我手上把篮球捋了过去。他手上的刀子不知从哪儿来的。

杀！

一刀下去，篮球劈为两半。

哧！

篮球满肚子都是气，一声响放光了。

我们仍不放过篮球的尸体，又哄抢起来。任老师把有气门芯的那一半举过头顶，然后抛给了我的哥哥。

那半块篮球，成了我的一个玩具。我把它翻过来，时不时戴在头上。那就像一顶瓜皮帽，露在外面的气门芯像一颗布球。

任老师代课不到一年，突然不见了。我们向新老师打听任老师哪儿去了，他说，我怎么知道。

4

我的小学老师一共六个，包括一个民办、两个代课和三个公办。

到了第四个老师时，我们告别祠堂，爬上一道小坡，转到一座庙子里上学。正殿里的菩萨早就不在，已经排满了石桌石凳。在那之前，我们一直是从家里扛板凳去上学的。

我因为生病休学一个学期，小学没有读够五年。我并没有留级，学习成绩却也没有受到多大影响。父亲在外地任公办教师，他担心石桌石凳对我的健康不利，让我到他任教的小学读了一年。然后，我转学到了公社小学读了五年级。

我的小学有一个缺口，却并没有漏掉我的第一篇作文。

从我认得"语文"二字开始，作文，就一直是将会兑现的一个传说。不过，老师给高年级学生上作文课的时候，我们低年级学生已经旁听过它的路数，它早就揭开了神秘的面纱。

我的第一篇作文在祠堂里完成。老师出的题目是《难忘的一件事》，我很快就写好了。

昨天，我去放牛。走啊，走啊，我就滚到山岩下面去了。这时候，我想起了毛主席语录："下定决心，不怕牺牲，排除万难，去争取胜利！"

老师把我写的这些字看了一遍，说，写得好！

我左顾右盼，不好意思。

但是，还应该有一个结尾。老师循循善诱，接下来，你有什么表现呢？

我立即埋下头，接着写。

我勇敢地爬起来，继续放牛。

好！老师说，非常好！

然后，他把这篇范文向全班同学朗读了一遍。

我埋下了头。不好意思，实在不好意思。

老师当然能够看出来，那是一则虚假文字。哥哥知道我在头一天并没有去放牛，更不可能滚到山岩下面去，他却不会揭穿我的假话。事实上，他早就在作文里这样干过了。

我写第一篇作文的情形，倒成了我终身难忘的一件事。至于那里面有多少错别字，我却是记不得了。

接下来，《一件小事》，《一件令人高兴的事》，《一件让人深思的事》，《春节中的一件事》，《忙假中的一件事》……

作文，真是事多，或者多事。

所以，又要写作文了，同学们都在打听，又什么事？

这一回，题目是《我又做了一件好事》。

我们已经写过《我做了一件好事》。那一回，我搜肠刮肚，写了我为同学提供火种的事。这个同学和我同住一个院子，他们家非常节约，他常常到我们家里来点火回去烧锅。我用火钳从灶孔里夹一颗火炭，丢进他用麦草或谷草挽成的勺。要是没有合适的火炭，就只好点明火。我把这事写了下来，并且添油加醋，说有一回我给了他一块正在燃烧的木柴。还好，老师并没有向他核实，冒着火苗的木柴竟然蒙混过关了。

但是，老师说，这算不上真正的好事。

很多同学写了往水田里捧牛粪，受到了老师的表扬。

田埂上的一堆牛粪，拦下了一个又一个同学，也引起了一场又一场思想斗争。最终，每一个同学都战胜了怕脏怕臭的资产阶级思想，双手把牛粪捧进了水田，为夺取粮食丰收做出了应有的贡献。那牛粪，甚至都和卫星联系在了一起，已经捧上天了。

这一回，却都不能再拿牛粪去交账了。我写的是，我看见生产队地里的一株包谷倒了，就把它扶了起来。事实上，那是我家自留地里的一株包谷。

没错，只有扶起集体的包谷，才能算是爱护庄稼。

一天黄昏，我背着书包从庙子里出来，看见山后升起了一道彩虹。我一声一声喊着，向着眼前的山一路疯跑过去。我要爬上山顶，看看彩虹的根生在哪儿。我的眼睛不敢离开彩虹，摔了一跤又一跤。其实，我也知道，我大概还到不了山脚，天就黑了。

天色一暗淡下来，彩虹就收起来了。

开初，几个同学跟在我的后面，不知什么时候就把我抛下了。

我摸黑往回走的时候，还不时扭头看看，却是连山的影子都看不见了。我觉得我真是一个傻娃儿，委屈得落了泪。

我回到家，受到了全家人的指责。

哥哥问我，你究竟为什么？

我突然想到了一个理由，我要写个作文。但是，我说不出口。

我当真坐在煤油灯下写作文了，但是，什么也没有写出来。我实在想不起来，那彩虹会有什么中心思想。

四十多年过去了，今天，我心血来潮，模仿着当年的作文样式，尝试着为记忆中的那一幕补写一篇作文，题为《追彩虹》。

今天放了晚学，我们唱着雄壮的歌曲，迈着坚定的步伐，精神抖擞地走出校园。天快要黑了，贫下中农社员同志们却还在田间地头争分夺秒地劳动着，他们要生产更多的粮食贡献给祖国和人民。我抬头远望，突然看见山上升起了彩虹，让天空和大地紧紧地连在了一起。我一边高声欢呼，一边向山脚跑去，好几个同学跟了上来。我们的心都向往着山顶，我们决心向着高峰攀登。温暖的春风吹拂着我们的脸庞，鲜艳的红领巾在我们的胸前迎风飘扬。我们相信，只要登上高山，更加广阔的战天斗地的劳动场面就会展现在我们眼前。我们其实已经看见了，太阳不落，英雄遍地，他们的豪情壮志已经化成了彩虹，直上云天……

不好意思，打住！

5

我们家有一本从前的《语文》，比我正在读的《语文》好看多了。那里面甚至有一匹会说人话的熊。那本旧教材是我读的第一本课外书，却是说不见就不见了，大概被婆婆或母亲喂进灶孔烧了。

旧书都有"四旧"嫌疑，说不定哪天就惹一个祸。

我见过"破四旧"的阵势。一伙人怒气冲冲地到我们院子里来，敲烂房梁上的木雕，砸碎磉墩上的纹饰，都没人敢吱一声。婆婆有一只梳妆匣，大概与"旧思想旧文化旧风俗旧习惯"都能沾上一点边，但是，它没有任何雕饰，油漆也早已剥落，实在太不显眼，所以幸存了下来。

那只木匣，后来成了我的书匣。它很小，只放得进小人书。不过，我们能够读到的课外书只有小人书。那是用一滴墨水或一个杏子换来的，没有一本出现过会说人话的动物，却都非常好看，比如《抓舌头》，比如《智取华山》。

我们家的木楼没有梯子，哥哥可以踩着柜子上的箱子爬上去，我的身高却还不够。哥哥告诉我，楼上有书，却都不怎么好看。我求他带一本下来，他说在楼上看书才有意思。家里没有小板凳，而大板凳的脚又得太开，在箱子上站不住。一天夜里，我梦见自己长高了，脚一踮就上了楼。第二天，我真的爬上楼了。楼上有一个纸箱，那里面的书却只够垫个脚，除了一摞《四川文艺》杂志，还有一本《小矿工》，一本《战斗在北大荒》。

不过，这已经算得上一个宝库了。

木楼，成了我的矿山，我的北大荒。

"棒打狍子瓢舀鱼，野鸡飞到饭锅里。"天底下咋会有这么神奇的地方！

《四川文艺》上有一篇连载作品，叫《孔雀飞来》。

野鸡在飞，孔雀在飞，我好像也在飞。

我最终还得降落到地面上，降落到现实里。

最大的现实问题，是吃饭。

我从小到大一直听着一个忠告，书不能当饭吃。这是大实话。人不吃饭就会被饿死，从没听说过人不看书就会被闷死。何况，升学已经是凭推荐而不是凭考试了，看再多的书又有什么用呢？

婆婆在旧社会拼命让她的三个儿女都上了学堂，却也知道时代不同了。她一见我看书,就会支我去做事。

父亲偶尔给我们带回一颗乒乓球，却不见再带回一本书。

母亲不准我和哥哥把书拿到屋外去看。她知道我们都是读书的"料子"，但她也知道那已经不算什么长处，反而随时都有可能被人揭短。她是默许我们在家里看书的，只是对我们老看小人书不满意。

小人书，被大人们归入了"无字经"。没有意义的事物，都叫"无字经"。没有意义，也就是没有中心思想。比如，用一截空心胶线从一个瓶儿往另一个瓶儿吸水，用一团湿泥捏一座房子，都是"无字经"。

我认的字还不多，却渴望着能看到传说中的《青春之歌》和《林海雪原 》，《三国演义》和《水浒传》。问题是，它们都在哪儿呢？

小人书其实是有字的。我们如果不看这个"无字经"，就只有去看墙上、门上和石板上的那些字了。我们院子背后的山上有了"农业学大寨"五个白色大字，亲戚来说在几十里外都看得见。我一直想爬到跟前去看看，那比房子还要大的字是怎么弄上去的，却一直没有机会。每一天，我和它们抬头不见低头见，想少看一眼都不行。

6

我想买一本书，并且不是小人书。

我们公社里没有书店，区上却有。我跟着母亲到区上卖蚕茧，趁空儿去了一趟那书店。饭店闹闹嚷嚷，书店却冷冷清清。小说只有一种，并且只有三本。我紧盯着那小说，被它的厚度镇住了。我想知道它的价钱，却稀里糊涂地问，有没有《西游记》？

卖书的是个女人。她看了我一眼，好像我问的是有没有面条。

我指一指小说，我看看那本书。

你要买吗？

我被羞着了，赶紧逃了出来。

我没有钱，一分也没有。母亲养的是生产队的蚕，卖蚕茧的钱是公家的。我不会不懂事地要求母亲给我买一本书。

我对全家人宣布了我要攒钱买书的计划。母亲没有反对，这已经让我很知足了。

我知道，我的书长在地里，或者散落在地上。

我到刚割了麦子的地里挖麻芋子，我到路上和街上捡杏子核。

我给麻芋子去皮，把杏子核砸开，好像闻到了淡淡的书香。

我去公社收购站把麻芋子和杏仁卖了。哥哥　直在替我盘算，他说，你这钱，再厚的书也买得回来了。

那大概是一个星期天。我出门的时候，已经半上午了。我本来应该吃了午饭再去，但我实在等不及了。还有，我怕去迟了，那小说就没有了。

家里到区上的路，是两道坪夹一条壑。坪都很长，壑也很深。两个小时的路，除了壑里那一道高高的坡，我差不多是跑完的。

书店却关着门。那门，那严严实实拼拢的一张张木板，一道缝也没有给我留下。

那天不是当场天，街上的人很少。我向偶尔走过的人打听书店为什么不开门，终于有一个人告诉我，睡瞌睡呢。

晌午饭已经吃过，但我没有往饭店那边去。我如果买一个馒头或一碗面，买那本书的钱或许就不够了。我饿着肚子，在书店外面的街沿石上坐下来。太阳很大，就是等上一顿饭工夫，屋檐的阴影也移不到我身上来。

不知等了多久，我身后的木板有了响动。我依然那样坐着，没有回头。我好像在听着翻书的声音，翻一篇，再翻一篇。

我终于站起来，转过身。书店，已经向我敞开了大门。

但是，那小说已经没有了，一本也没有了。

就连小人书，也只剩下一种了。

卖书的女人好像并没有睡过瞌睡，有点恍惚。我连问三次，她才指了指小人书，那不是书？

小人书是《红灯记》。我不知已经看过它多少遍，都快背下来了。

我从书店出来，在街上胡乱走了一段，然后，返身跑进书店。

我买的第一本书，是小人书《红灯记》。

饭店的门开着，剩下的钱在身上揣着，我却空着肚子往回走了。来时的上坡路，回时成了下坡路。两腿有些发软，我却一步也没有停。垭口往下的路岔出一段，延伸到了一个石碗下面。那是从前的好心人在石壁上凿下的小凹坑，注满了石隙里浸出来的山泉。那也是人世间最小的井，直接把水送到嘴边。我的个子不够高，我要踮起脚才能喝到水。不管怎么说，小人书也是书，不能让水洇湿了。我把它放在一棵桐树下面的草丛中，阳光从宽大的叶片漏下来，点亮了那封面上的一盏红灯。李玉和占据了封面大半，他现在成了一个落难的英雄，满脸怒气。

我一气喝干了石碗里的水。

然后，水注满一碗我喝下一碗，不知喝了几碗。

我不就是渴吗？水在我的嘴边，没人抢我的先。

我幼小而孤单的身影，穿过一条深壑。知了的叫声懒洋洋的，我突然有了一点害怕。我走走停停，把小人书从头到尾翻了一遍。我就像要拉出英雄来壮胆，又像要找出有什么不同。亮晃晃的阳光打在纸片上，不同的是，眼前总是一阵阵发黑。

那本小人书让全家人都很失望。母亲很生气，为我胡乱花钱，也为我遇事没个主张。

哥哥长久的期待落了空，沮丧极了。他问我，你就不能等下一回吗？

我把崭新的小人书填进旧木匣的空肚子，我自己的空肚子却已经不知道饿了。天气太热，给我留下的酸菜稀饭都有了一点馊味。我咽下一口酸汤，泪水涌了上来。

7

我没有买到小说，也很难借到小说。即便好不容易借到一本，却也和小人书一样，过一两个夜就必须要还回去。一本小人书可以在放学路上一气看完，而一本小说，两个通夜也不一定看得完。

无论什么书，都好像和夜晚是一对冤家。

电灯不知何年何月才能照上，而煤油灯，并不是每个夜晚都能照上。煤油是凭票购买的，即便敞开供应了，也不是每户人家都有钱敞开买。既然一盏灯都不大点得起了，那么，什么书都得在夜里早早睡觉。

书，却又不是大天白日就可以看的。大家都在屋里屋外做正事，你年龄再小也该懂一点事，不能像个懒汉一样成天抱着一本书，惹得人家在背后指指戳戳。

还好，我已经从雷锋那儿学了一个"钉子精神"。看书的机会总是有的，就看你是不是像钉子一样，善于挤和善于钻。

我是一颗钉子，尽往我住的小屋里钻。

小屋光线暗淡，一片亮瓦成了我白天看书的灯。我有了书，总会立即躲进小屋，那一份昏暗正好把我半掩半藏起来。不过，大人喊我去做事，我会立即从书里跑出去。

夜晚来了，书里那被打断的故事，自会在煤油灯下和我重新接头。

煤油灯是自制的，细而短的铁皮筒和草纸捻子是它的共性，形状各异的墨水瓶儿是它的个性。它比从前的桐油灯盏进步多了，不过，风从门窗或墙缝进来，若是不赶紧用手去蒙，它也同样会熄掉，并且浪费一根火柴。

而专门点一盏灯看书，是更大的浪费。

还好，一顿夜饭是漫长的，总会从黄昏延续进夜里。

这就需要点灯，也就有了搭伙看书的机会。书要是不凑过去，那灯光反倒浪费了。

煮夜饭的时候，我会守着灶头上的灯。灯火与灶火一齐照亮，我站着看书的影子在地上晃来晃去。书里的那些人物，好像也悄悄溜下了地。

接下来，我会一边吃夜饭一边看书。尽管这会招来大人的干涉，但我的犟脾气总会占上风，所以饭桌上的灯总是离我最近。

再接下来，洗碗，喂猪，总会没完没了。一粒灯火小心地移动着，要不是有我和书一路护送着，它都不知熄过多少遍了。

总之，夜里，灯火在哪儿，我就跟着在哪儿。

大家都要睡觉了，我的书却还在半路上。我知道，婆婆和母亲心疼煤油，但她们也心疼我。我从那命令我睡觉的口气里听出来，我是可以继续把书看下去的。

小屋里有一张旧社会留下来的香案。夜深人静，我把煤油灯小心翼翼移到香案上，大概就像上香。灯火发出咝咝的响声，那是一张小嘴在吮吸，灯里的煤油一丝儿一丝儿往下落。我用火柴梗把灯芯往下按一按，那声音就会小下来，差不多快闭嘴了。灯火已经小得像一粒豆子，那是人世间最节省最弱小的亮光，却依然能够让我看得清每一个字。我已习惯了在暗淡的灯影里看书，那是一份神秘，也是一份踏实。

我当然也知道，黑暗一直埋伏在四周，埋伏在那比半个拳头还小的煤油灯的肚子里。煤油一干，黑暗就会蹦出来，小拳头一挥就把一个夜晚完全占领。

一天夜里，灯前又只剩下了我一个人。夜深了，那一粒豆火发出蚊虫的耳朵才听得见的一声叹息，熄了。我知道，灯的肚子已经空了，并且盛煤油的瓶子早就枯干了。我把书放到香案上，听见它也出了一口长气。

亮瓦，漏下一片刺眼的月光。

我又将书抓起来，出了屋。

月亮下面的书，一个字也看不清。

我看见了挂在墙壁上的一盏煤油灯。

我的堂兄和堂嫂，还在一团灯光里推着小石磨磨豆子。

我曾经在《煤油灯》一文里，写下了接下来的一幕。

　　突然起了一阵小风，磨豆子的人立即停了下来，用手去蒙灯火。我不知哪来的那样一股勇气，不假思索朝亮处奔了过去。我踮起脚用打开的书护住了灯火。风停之后，我看见磨豆子的两个人都笑了一下，然后继续磨豆子。我本想离开那里，然而脚底下仿佛生了根，灯火的光芒使我浑身上下充满了舒枝展叶的欲望。我就像为了表示对灯火的屈服，将头深深地埋到了书里去。这是一幅至今令我心酸的夜读图：磨豆子的两个大人，理直气壮地受用着属于自己的灯火，一二粒二三粒地将泡胀了的黄豆喂到磨眼里去；而站在一旁读书的我尽量让自己的书离别人的灯远些，只借得一点余光粗嚼快咽着黑豆子一般的文字。我希望风再给我一次扮演"护灯使者"的机会，好让人家觉得这便宜没有白占，然后才好意思把书举高离灯近些。

这篇"作文"距今已逾二十年，而所记一幕距今已逾四十年。尽管挂灯的那一面墙早已不在，但那是我读书生涯打开的一页，永远也不会在记忆里合上了。我原本要将这一页翻写一遍，却临时改变主意，照录下了它原有的一些"学生腔"。我这是要给自己一个提醒，在"语文"面前，我永远是一个学生。

需要补订的是，那盏煤油灯当时挂得有点高，我只有把书朝上举着，并且把头朝上抬着，才可能看得清。我那个看书的姿势，就像要让我的堂兄堂嫂也认下几行字。

还有，大概过了十来分钟，豆子就磨完了。

　　灯下了墙，我回了屋。

　　书丢了脸，夜伤了心。

　　那以后，没有人提说过这件事，我却像是偷了人家的东西，头都有点抬不起来了。没错，"偷光"。不知过了多久，我才在书上看到了"凿壁偷光"这个典故。古人终于出来告诉我，我那一次只能算是"沾光"，却一样是体面的。

　　书和古人就像灯一样，又让我把头抬了起来。

　　堂嫂早已去世，堂兄却从没在我面前说起过这件事，说不定他已经记不起来。我也忘记了当时看的是什么书，但愿它不是什么"无字经"。

8

　　冬天夜里，哪怕小屋顶上的亮瓦起了厚厚的霜，书和灯加在一起，也会让我像围着火炉一样暖和。

　　天气热起来以后，书就不能安生了。天还没黑，蚊虫就一团一团扑进小屋，活像要把我和书都吃掉。我就是浑身长满了手也斗不过它们，就偷偷用旧布条蘸了农药，在隐蔽处挂起来。蚊虫遭到毒气弹的袭击，直端端跌落下地，或者在我面前的书上一头撞死。我

· 179 ·

只需吹一口气，就能扫掉那些多余的字。

这很快就被母亲察觉，并且被立即叫停。我竟然给自己布置了一个有毒的环境来看书。农药被严管起来，那就只好上土办法了。艾蒿不容易采到，柏树却到处都是。我用柏树枝在小屋里制造的烟雾，比祠堂教室里的还要浓，结果，我比蚊虫逃得还要快。

我读书经受过的那个小小毒害，可以忽略不计。

我读书熏染到的那些烟火气，却是绰绰有余。

如果没有书，我就用不着待在小屋里，除了睡觉。天还没黑，院子里的娃儿们就会在院坝里集合，打鹞子翻山，藏猫猫。有线广播喇叭匣子挂在柱头上，在高处教导着我们。

我们听着公社的声音，更主要的，我们听着北京的声音。

我耍累了，就四仰八叉睡在簸箕里。

> 天上星，亮晶晶，
> 我在院坝望北京……

我不知道北京的方向，只好望着天。

"样板戏"，主要是"革命现代京剧"，早已在喇叭里开场了。

关于"样板戏"的评价，今天已有定论。其实，贫下中农社员当年就公开表示不喜欢它，并没有受到什么追究。露天放映"样板戏"电影，好多人都懒得去看，不像《地道战》和《地雷战》，放映多少遍大家就要看上多少遍。但是，"样板戏"是要普及的。公社、大队和生产队召开社员大会之前，一般都会唱几首革命歌曲提振一下精神，这也包括了"样板戏"。一般都是干部起音，唱半句，吼一声。

临行喝妈——预备，起！

临行喝妈一碗酒，
浑身是胆雄赳赳……

《红灯记》里的这一碗酒，让男女老少一起来喝，起了一片嘈杂之声。现代京剧气势恢弘的唱段，就这样变得七长八短，五花八门。

我们公社的广播站好像有所有"样板戏"的唱片，在留声机上轮流旋转，差不多一个晚上一台戏。它们一遍一遍校正着那些集体起哄，我好像就是为着这个才听起来的。我不止从一个方面听出来，远方还有一个陌生而灿烂的世界，它与我身边的现实有着很大的不同。

> 朝霞映在阳澄湖上，
>
> 芦花放稻谷香岸柳成行……

《沙家浜》里的"朝霞"，不是我头顶那些普通的云可以混为一谈的。

> 穿林海跨雪原气冲霄汉，
>
> 抒豪情寄壮志面对群山……

《智取威虎山》里的"群山"，也不是我身外那些单调的山可以相提并论的。

> 大吊车，真厉害，
>
> 成吨的钢铁，它轻轻地一抓就起来……

《海港》里的"大吊车"，更不是我们山旮旯里能够见到的。

喇叭里敲锣打鼓，风雨无阻。那一份不可替代的热闹，拯救了我没书可看的无数个夜晚。我小小年龄，连农药的味儿闻着都新鲜而刺激，哪能够辨认出什么"香花与毒草"。

夏天夜里，除了蚊虫，蛙声也凭着集体的优势，在院坝之外混响一片。蚊虫好像没有耳朵，青蛙却不一样，一嗓子就可以把它们叫停。喇叭好像一个单干户，它的声音尽管在远处都听得见，却连近处的蛙声都镇不住了。

我不想听蚊虫，也不想听青蛙。我只想听喇叭。

"样板戏"给我上着语文课，做着说一不二的示范。它反复训练着我的记忆，我差不多能够把它从头到尾背诵下来。它从不出错，除了被紧急掐断，插播一个公社通知。我希望它出一个岔子，比如，杨子荣打虎上山，一不小心答错了土匪的黑话，那或许就有一场另外的戏了。

我抱着柱头爬上去，把耳朵贴在那个匣子上，正好赶上了英雄人物的一声呵斥。我又把嘴贴上去，也那样朝他呵斥一声，他却还不上嘴。接下来，我抢了一句他的台词，他竟然乖乖地跟着我说上来了。我胡乱编了一句打岔的话，他却不予理会，自顾自继续说他的台词。我知道他不可能听得见我的声音，但我还是像在语文课上"领读"一样，把英雄和叛徒的台词一路抢了下去，直到被母亲喊下了地。

喇叭在高处，青蛙在低处，它们依然各说各话，互不相让。

我站在院坝边上，不等"样板戏"里的过门演奏完毕，又抢先高吼了一腔。

　　朔风吹……

　　蛙声大惊，立即倒下一片。

9

　　我和有线广播喇叭不能对话。另一种铁皮喇叭，却把我的声音传向了四面八方。

　　铁皮喇叭大致成圆锥状，我们叫它广播筒。它是一个简易的扩音器，主要用来领呼口号和山头广播。领呼口号还轮不上小学生，山头广播却由我们唱主角了。

　　清早或者黄昏，我和几个小学同学登上一个山包，轮番用广播筒声嘶力竭地喊话。广播筒把我们的嘴加长并且放大，让童音差不多变声了。老师给了我们报纸或别的宣传资料，我们呼喊着那上面的文字，偶尔也唱一段"样板戏"。炊烟四起，那好像都是我们一声一声呼喊出来的。

　　没过多久，同学陆续退出，只剩下我唱独角戏了。

　　我成了一个孤独的朗读者。在一段不算太长的日子里，除了下雨，我每天都会早晚各一次登上山包。山包就像一只小船，总会在我的呼喊声中摇摆起来。脚底的田地，四周的山峦，也都像在波浪上一样，晃晃悠悠，飘飘忽忽。广播筒的呼喊瓮声瓮气，我知道并不好听。我还知道，没有人会认真听上一句半句。但是，我已经把山包当成了语文的用武之地，我要一声一声地宣告，我已经认下了那么多字，我能够说出那么有力的话。

我站在高处完成了真正的变声，然后让它在风中飘散。

终于，我以某个早晨的一场懒觉，终结了我的山头广播生涯。

从此，好像再也没有广播筒上过那个山包。

但是，老师又给我们下达新任务了。每个同学都要联系一个识字困难的社员，面对面地教他背诵一段最高指示，然后，再把这件事写成一篇作文。

我们院子里有一户贫农，当家人是我的长辈。他不大识字，田间地头却是一把好手。那天晚上，他像往常一样没有闲着，正在用竹篾编一个箬箕，在煤油灯下刚起了头。他原以为我要学他的手艺，听我一说，那表情就像见了大干部，说话的声音都小了。

我要教他的"最高指示"，我自己早已背得滚瓜烂熟。

> 列宁为什么说对资产阶级实行全面专政,这个问题要搞清楚。这个问题不搞清楚,就会变修正主义。要使全国知道。

我在他的旁边坐下来。我教半句,他跟半句。我教一句,他跟一句。他的声调再也没有高起来,这不要紧。问题是,筲箕已经成了大半,他什么也没有"搞清楚",一句话也背不上来。

我有点生气,恨不得像山头广播那样朝他呼喊几声。

他一点不生气。篾丝在他的手里绕来绕去,那些话也在他的嘴里绕来绕去。篾丝一丝不乱,那些字那些词却全让他弄乱了。结果,他编好了一个筲箕,让那几句话都漏了下去,一个字也没有滤下来。

我不知道其他同学是如何完成这个任务的,反正我是彻底失败了。我要是教一段简单的话,比如"深挖洞广积粮不称霸",说不定就胜利了。我有一点自私,一心要为自己的作文准备一份真实的材料,并且一心要让自己的作文与众不同,竟在夜里把一个长辈可怜地折腾来折腾去。我的作文当然不会把那真实情形记录下来，也不会写筲箕什么的。我写下了在明亮的灯光里，我和长辈一起学习的感人情景。贫下中农社员是我最好的老师，没错，他说了最高指示让他"心明眼亮"一类的话。

我的另一个长辈，却不请自来了。

那个长辈喝过墨水。他在一条小路上把我拦下来，朝四下看看，压低声音说，我有一个问题，一直没有弄懂，却又不敢去问别人。他说，我知道你爱看书，现在又读初中了，所以要专门请教你一下。

他的样子不像是要探讨什么问题，而是带着暗号来接头的。我也朝四下看看，等他往下说。

打倒一切牛鬼蛇神！这句标语口号，让他犯了糊涂。

他说，鬼啊蛇啊神啊，那没说的，应该打倒。但是，牛，为啥也要打倒呢？

我不知道他是不是在故意考我。批斗会上，游行队伍中，总会见到竹编纸糊的牛头、鬼脸、毒蛇和恶神，一一对应着"牛鬼蛇神"。最终，它们都会被手撕脚踩，彻底"打倒"。

牛，帮人出了多大的力啊！他说，它却成了第一个要打倒的。这肯定不会错，但我就是不明白……

我想了想，说，大概只有把牛打倒了，才会为农业机械化扫清障碍吧。

他用手拍了拍头，然后点了点头。

我的勇气上来了，接着说，牛，表面上看起来老实，却阴险地拖着我们的后腿，迟早都要被打倒！

读书好啊！他好像不敢久留，转身一边走一边说，还是多读书好啊！

10

我把"牛鬼蛇神"弄明白的时候，这个词已经淡出现实生活好多年了。一天，我得到了向我"请教"那个长辈去世的消息，就想起了我们当年的那次"接头"，也才想起来查一查词典。

牛鬼蛇神：牛头的鬼，蛇身的神。比喻各种坏人。

当年那些竹编纸糊的把戏，把两个反派角色掰成四个，才让我有了那个"神解释"。但愿那个长辈生前已经为"牛"恢复名誉，并没有把我塞给他的那个谬误带到另一个世界。

这些年我回老家，总能见到和我"一起学习"过的那个长辈。前几天，我正要写下那个夜晚，突然传来他去世的消息。他活了近九十岁，无疾而终。

这篇文章动笔之前，我终于打听到了任老师的消息，才知他已经去世多年。他当年不知什么原因早早返城了，在一所学校做后勤工作，并且成了家。他之所以成为我难以忘怀的老师，大概是因为他并不像那时候的老师。

近两年，我就像在写《小时候难忘的事》作文系列似的，不时向哥哥核实这事那事，比如山上那五个白色大字是怎么消失的。他却对很多事都不大记得清了。他从前对自己没被推荐上初中耿耿于怀，现在说起来，那已经成了陈谷子烂芝麻。

当年，我十分珍视被推荐上初中的机会，就像要把哥哥的那个初中给他挣回来。初中，我本来要一口吃下两个，结果只吃下大半个。我读初中两年，恐怕有半年不在教室。我从小学五年级起就参加了学校的宣传队，一直到初中毕业。我经常在上语文课时被叫出教室，到操场上去排练文艺节目。语文课就像水一样，反正多喝一口少喝一口都无所谓，就那样一堂一堂泼掉了。

不过，堤内损失堤外补，我的语文好像并没有多少亏欠，反而看涨了。

相声，快板，对口词，三句半，是语文。

独唱，对唱，小合唱，表演唱，是语文。

演"样板戏"，写批判文章，讲忆苦思甜故事，是语文。

还有，我读到了更多的小说，当然那也是语文。

我上初中不久，全国就掀起了"评《水浒》批宋江运动"，《水浒传》应批判之需公开发行。我做梦都没有想到，父亲会把一套崭新的《水浒传》带回家来，让我和传说中的好汉们见了面。事实上，我已经先在学校举行的大会上发言批判过他们了。我摘抄报纸拼凑出一篇批判文章，口气冲天，好像一百单八条好汉早就不在话下。

阅读《水浒传》，成为我初中阶段的重大事件之一。我觉得我快要成为一个大人，甚至一个好汉了。

我初中毕业推荐落榜，一夜之间成长为一个大人。我没有成为一个好汉，但我知道，我会成为一个好庄稼汉。

半年以后，全国恢复统一招生考试，我以回乡青年身份考取了中等师范学校。我在考卷上写下的一篇内容虚假的作文，却真实地改写了我的命运。

我在中等师范学校读书的时候，才在书店买了第二本书。

我参加工作以后，去外县的大书店买书，一次买下几十本。一个女性工作人员知道了我那是私人购书，主动用板车帮我把那些书送到了汽车站。她对我说，她在书店工作这么多年，我是她见到的买书最多的人。

我说，这只是第一次。

她说，人一辈子，哪用得着看那么多书。

我说，一辈子有多长啊！

她问，你是要写书吗？

我说，我是语文老师，我教学生写作文。

事实上，我开始教书的时候，文学创作也随之开始了。我曾经在一篇文章里，记述了我创作之初的失败。

　　我写的第一篇小说是一个所谓的爱情故事。一个漂亮的女演员，深夜里不明不白昏倒在山涧，幸被一个过路的男青年救起。要紧的是，两个主角的身份都是非乡村的，男主人公是我一样的青年教师。我没有与女演员谈恋爱的经验，这个英雄救美的故事因而没有写完，那女演员被我抛在了半路上，至今下落不明……

这样被我抛下的人，不止一个。我只好退回来，在我读过小学和初中的学校里，一边做老师，一边重新做了一回小学生和初中生。我凭借着教小学和初中语文的机会，自己给自己上了一堂一堂语文课。我给学生出了一套一套语文试卷，尽管标准答案就在我的手中，但是，我却没有可能获得一个满分。

这是因为，仅是作文一项，就永远不会有一个满分。那么，哪有满分的语文呢？

有人说，一辈子的道路取决于语文。这等于说，人生是由语文来决定的，至少是由语文来开篇的。那么，哪有满分的人生呢？

尽管如此，我却知道，无论是语文还是人生，一不小心弄丢了的分，有些是可以找回来的。

今天，我回想起当年在纸上夜闯山涧那一幕，就像在做梦一样。我真正进入梦里，那些被我抛在半路上的人，却是一个也找不着了。但是，说不定，在今后的某一个梦里，我能够遇见我弄丢的那第一个字。

图书在版编目（CIP）数据

我的语文 / 马平著. — 成都：四川辞书出版社，
2017.6
ISBN 978-7-5579-0185-1

Ⅰ. ①我… Ⅱ. ①马… Ⅲ. ①散文集－中国－当代
Ⅳ. ①I206

中国版本图书馆CIP数据核字(2017)第094059号

我的语文

马 平 著

责任编辑	张国文
装帧设计	四川省经典记忆文化传播有限公司
封面设计	郭 阳
插图设计	夏维明
责任校对	张晓梅
责任印制	肖 鹏
出版发行	四川辞书出版社
地 址	成都市槐树街2号
发行部业务电话	（028）87734320 87734332
防盗版举报电话	（028）87734320
制 作	四川省经典记忆文化传播有限公司
印 刷	成都市翔川印务有限责任公司
成品尺寸	130mm×200mm 1/32
印 张	6.5
字 数	75千
版 次	2017年6月第1版
印 次	2017年6月第1次印刷
书 号	ISBN 978-7-5579-0185-1
定 价	38.00元

新华笔顺规范字典

XIAOXUESHENG

XINHUA BISHUN GUIFAN ZIDIAN

版

色

彩

四川出版集团
四川辞书出版社

小学生

新华 笔顺 字典
规范

版

色

彩

四川出版集团
四川辞书出版社